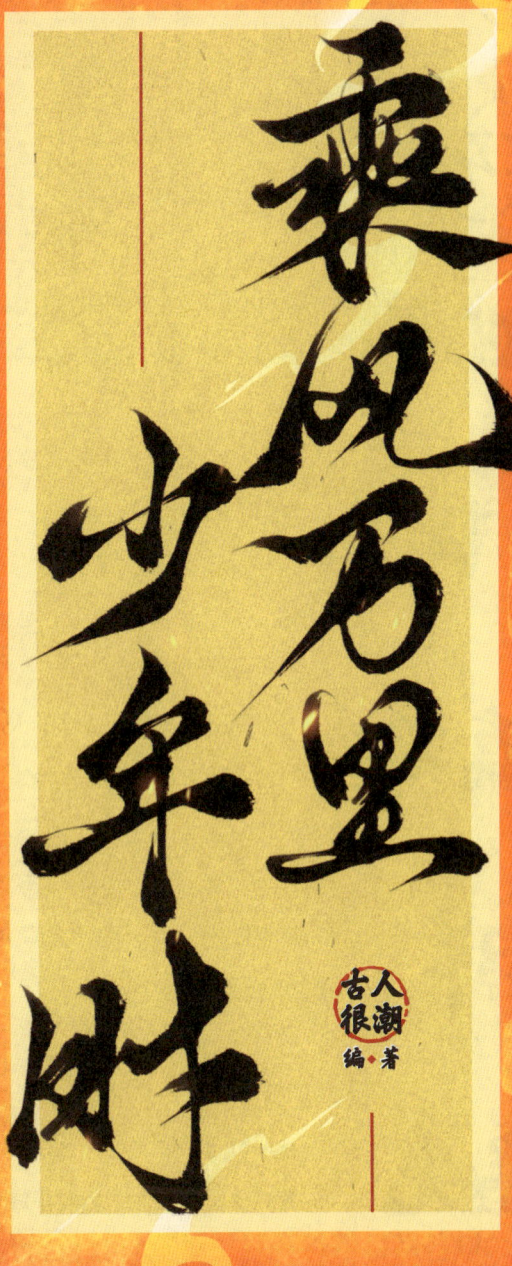

乘风万里少年时

古人很潮 编·著

李世民
1. 如何在二十多岁当上开国皇帝？　020
2. 恭己临四极，垂衣驭八荒　023

岳飞
1. 怎么才能用步兵打过骑兵呢？　037
2. 待从头，收拾旧山河，朝天阙　039

颜真卿

1. 颜真卿究竟是什么样的人？　052
2. 青山埋忠骨，万籁作铮铮　053

文天祥
1. 你怕死吗？死亡是一种什么体验？　064
2. 留取丹心照汗青　066

戚继光
1. 从没打过败仗是种什么体验？　079
2. 繁霜尽是心头血，洒向千峰秋叶丹　081

郑成功
1. 应该如何克服面对强大敌人的恐惧心理？　094
2. 今余既来索，则地当归我　096

霍去病

1. 如何成为北境之王？　　　　　　　　　　　109
2. 醉卧沙场君莫笑，古来征战几人回　　　　112

班超

1. 全家都是"学霸"，只有自己是"学渣"是一种怎样的体验？　　　　　　　　　　122
2. 纵有狂风拔地起，我亦乘风破万里　　　　125

梁红玉

1. 找到毕生理想是一种什么样的体验？　　　135
2. 红颜凛凛芳名在，青史斑斑血泪盈　　　　136

嬴政

1. 统一天下是什么样的体验？　　　　　　　150
2. 天上有鲲鹏，展翅傲苍穹　　　　　　　　152

苏武

1. 思念至极是一种什么样的体验？　　　　　172
2. 云边雁断胡天月，陇上羊归塞草烟　　　　174

王玄策

1. 准备去长安城旅游，有什么推荐的美食吗？　188
2. 愿将腰下剑，直为斩楼兰　　　　　　　　190

秦良玉

1. 在你一生中有哪些值得铭记的事情？　　　203
2. 休言女子非英物，夜夜龙泉壁上鸣　　　　205

如何在二十多岁当上开国皇帝？

历史问答角

提问：如何在二十多岁当上开国皇帝？

关注问题　写回答　邀请回答　👍好问题1126　➤分享

 @西楚霸王

　　其实这事难度也不大，当你开始冲锋，就没有任何人能够抵挡，按理说总是能在二十多岁平定天下的。

　　除非这天下还有个四五十岁的"老流氓"。

赞同 8462　　评论 241　　收藏 09　　喜欢 124

 **@ 大隋唐国公（李渊）**

　　先问有没有，再问为什么，这才是问问题的好方式。你这个问题就不符合历史发展规律，年轻人能办成什么事？年轻人不懂规矩，横冲直撞，真要二十多岁就能开国立业，也是凭了先祖的余荫。

　　譬如司马炎，二十九岁创立晋朝，是靠他路人皆知的爹。

　　譬如曹丕，二十三岁代汉称帝，是靠他天下归心的父亲。

　　真要靠年轻人打天下，那就会落得项羽这般下场，后人自会清楚，真正的开国皇帝，还得是忠厚长者！

　　赞同 1235　　评论 85　　收藏 35　　喜欢 266

题主评论： 可我怎么听说大唐宰相狄仁杰觉得太宗皇帝栉风沐雨，亲冒矢石，以定天下，传于万世，修史书的司马光说"然高祖所以有天下，皆太宗之功"，到了明朝开国皇帝朱元璋那儿，更是直接把李渊移出创业之君的行列，改祀唐太宗了？

 **@百泉居士李贽**

盖此天下乃太宗上献之太祖，非太祖下传之太宗者也。

大隋唐国公正在疯狂"拉黑"。

忙不过来。

赞同 1632　　评论 605　　收藏 28　　喜欢 442

 @天策上将

谢邀，既然父皇提到我了，那我不得不出来说两句。

我也不是谦虚，你说我好好一个天策上将，怎么就成开国皇帝了呢？开国皇帝这个名头永远是我父皇的，只不过题主问的问题，我恰好有时间再展开说说。

赞同 2266　　评论 615　　收藏 86　　喜欢 261

恭己临四极，垂衣驭八荒

李世民

文\房昊

想当开国皇帝，首先要有一个乱世。

不过很多世道，本来不应该乱的。那年我十五岁，隋炀帝以百万雄兵征辽东，随行的还有二百多万民夫，他败了一次不够，还要再来一次。

国内杨玄感造反，说是见到了百姓苦役，天下思乱。

"天下思乱"这四个字把我砸蒙了，我想，这跟我见到的人、学过的书都不一样啊，怎么会有那么多百姓想着作乱呢？自汉末三国以来，四百年乱世，人活着就拼尽全力了，怎么还有力气造反呢？

我爹跟我说过，大隋粮仓里的粮食堆得满满的，朝廷的兵马也是战力十足，乃至当今皇帝都算得上聪明果决。

为何天下就成了这个样子？

我爹身边全是旧门阀里的聪明人，他们给不出我答案，我便轻裘快马，去问江湖上的朋友。

后来我才知道，原来大隋粮仓里的粮食满满当当，却不发给受灾的百姓，只因灾情可以遮掩，粮仓却能被当作政绩。

再后来我又知道，自隋文帝起，那些轻徭薄赋的措施，都落在了世家门阀手里，连底下百姓的田地都没丈量清楚，地方官员报上去某户人家有十亩地，哪怕实际只有一亩，那户人家也要交十亩的税赋。

原本大隋江山就是国富而民弱，杨广三征辽东，直接油门踩到底，报废了这辆车。

民不聊生，义军遍地，突厥还在虎视眈眈。

到大业十一年（615年），杨广北巡，突厥可汗率兵连破三十九城，围杨广于雁门，一路烧杀掳掠。

如此江山，且待谁人收拾？

那年我十六岁，从军出征，救援杨广，我望着满目疮痍的九州大地，心想救天下，舍我其谁？

我记得边关的朔风，记得雁门城外飘来牛羊马粪的气息。

突厥人多用骑兵，虽然暂时无法破城，但就大隋这个局势，再被困下去说不定城内就自己兵变了。

除了云定兴带援兵赶到，也没有其他兵马了，其他兵马全都忙着剿匪。我便去见云定兴。

云定兴一开始觉得我年纪小、不能成事，但我说我有解围的法子，他不见也得见。云定兴眉头大皱，叫我过去，后来他说他第一次见到我时，忽然觉得自己老了。

来到他面前的，是一个英姿勃发的少年郎，龙行虎步，从容不迫，一举一动都带着意气风发与肆意跳脱。

他当场愣了两秒，才反应过来我就是李世民。

我告诉他："将军要解围，要救天子，其实不一定要破突厥。"

云定兴又愣了两秒，他指着我，说："不破突厥，怎么救驾，你莫不是来消遣本将军的？"

我笑了笑道："只要吓走突厥，就不用大破突厥了。"

云定兴坐直了，问："怎么吓走突厥？"

我道："我们知道没有多少援军抵达，突厥知道吗？突厥只知道如今江山动荡，他们知道动荡到何等程度吗？突厥多骑兵，本就没多少攻城器械，能捞一把已经是心满意足，这时有大军赶到迹象，突厥凭什么不信？凭什么不走？"

云定兴有点呆，他下意识道："你这是在用陛下的安危赌……"

"陛下在雁门，本就千钧一发，何谈赌与不赌？"我断然开口，直视云定兴道，"将军能救陛下，只有这一条路！"

当时云定兴倒吸一口凉气，盯着我上看下看，我就站在那里，站得笔直，宛如擎天长剑。云定兴大手一挥，咬咬牙，还是决定信我。

那一次，雁门解围，天下各方开始知道唐国公有个十七岁的二公子，名叫李世民。

其实解围的法子并不难，只是大部分将领的性命与陛下生死息息相关，所以才不敢战也不敢赌。但只要你想赢，就不能考虑太多跟胜负无关的事。

我爹说我太莽撞，说还是年轻了，照这样打下去，即便能一次又一次赢了，也不能得到天子的信重。回头说解你兵权，就解你兵权，说把你杀了，还不是一杯毒酒的事？

那会儿我没理他，我在心里暗想，我也不需要什么天子信重。这世道，大隋的江山没几天了。只要能一直赢下去，就能匡扶天下。

那时我也没想到，原来我爹说的天子，不是单指隋炀帝。

回太原后，历山飞作乱，我爹被派去剿匪，结果被历山飞围住了。

那年我十八岁，拍马轻骑冲杀，杀进历山飞贼军之中，一张弓拉如满月，抬手处箭如流星！几个贼酋、离我爹最近的敌兵，无不应弦而倒。

历山飞的贼众乃乌合之众，当场就没了战心，又被我提刀冲杀，再加上后方赶来的步军配合，自然一场大胜。

十九岁时，我劝我爹起兵造反。

我爹还在那儿演大惊失色，说："你怎可出此狂悖之言？纵然是亲生骨肉，我也要告发你！"

我翻了个白眼，抱臂看着他演。

我爹还真拿出奏表准备写,看我拦都不拦,这才演不下去了,一摔笔,闭眼道:"逆子!我落笔你就死了,我怎忍心杀你!老夫一世清名,毁在你手上也认了!"

我都不知道他为什么这么爱演。

明明他早就派大哥联系人手,我在这边拉拢群盗大侠他也不拦着,就我们俩他还演什么?大抵是惯性吧,他在杨广那儿演了几十年的老叟,终于演够了。

晋阳起兵,天下震动,在境内敢阻拦的隋朝忠臣都被我爹诳来斩杀,血一滴滴落在地上。我爹五十多岁,直起身子,灰白的眉毛下方是一双寒铁般的眸子。

这双眸子慢慢抬起,望着随他起兵的、为隋赴死的人,眸子里满是坚忍决绝。

我爹挥剑,心底的怒吼从口中宣泄出来,嘶哑的嗓子里传来雷鸣般的震颤:"入关兴隋,随我入关!"

我望着老爹的背影,下意识眯了眯眼睛,我今日才真正认识自己的父亲。潜藏二十年的锋芒无处不在,我像在看一把刀。

所以无论如何,开国之君这个称呼,他还当得起。只不过这把刀藏了二十年,拔出来之后,就太容易生锈了。

刚刚入关,还没到长安呢,便遇天降大雨,粮道受阻,打不下驻扎在霍邑的宋老生,背后又有薛秦跟刘武周虎视眈眈。

我爹就准备撤了。当然我爹也有他的道理,传言说,这些人已经在联系突厥,要背刺晋阳。再攻不下,老家都没了。

所以我爹退回去,当个山西国的开国之君是没什么问题的。我爹身边的那些重臣,那些关陇门阀里的贵人,想法也都很类似。

"不能拼命啊,拼命还怎么挣钱啊?"

"就算改朝换代,那天下不还是我们这些世家门阀的吗?"

瓢泼大雨之中,我感觉心跳如擂鼓,血液流过骨头,宛如龙虎在吼。

那天左军后撤,我跟大哥李建成逆着人流直入我爹大帐,四道目光坚毅如铁,我说:"爹,不能退!"

大哥在那儿给我爹讲战术,说:"只要我们轻骑至城下挑衅,再派人装成宋老生的政敌去给隋帝报信,说宋老生养寇自重,以隋帝的性子,必然会问罪宋老生。宋老生出身寒微，不会放弃如今的功名，他一定会出战。"

"出战则世民必胜！"

我爹扭头看我，我不跟他讲战术，我跟他讲道理。

我说："爹，我们起兵是为了什么？无论心里怎么想，总有一个义字，一个讨伐无道的信念。

"如今退了，退回太原，是能守住城池，那也不过是割据诸侯，是个反叛的贼。那些与我们有旧的关陇世家，只会开始观望，跟我们一起东进的江湖草莽，更会离心离德。"

"爹，就是打不下霍邑，那也只能打！"

那年我十九岁，轻骑挑衅，大骂宋老生，引宋老生出城追杀。我绕了一圈去埋伏，大哥跟我爹正面迎战，片刻后大哥落马，宋老生埋头追杀，他追得太急，前军后军即将出现缝隙。已到高处的我身边尽是骑兵，目光一闪，刹那拔刀，当机立断便是一个冲字。

那天，我用两把刀从东门砍到南门，砍得双刃皆缺。我连杀数十人、血流入袖，洒而复战，三军抓住想逃的宋老生，一刀落下，人头飞起。

从此大唐有了长安。

只是进了长安城之后，我发现不仅我爹，我大哥也很快就锈了。我爹接受隋帝禅位，成为大唐开国之君，我哥成了太子，他们天天跟世家门阀打交道。

直至薛举倾巢而来，腹地猝然受袭，他们才反应过来。

这期间河东群盗是我平的，关东各地也是我去招抚的，西秦薛举杀来也没关系，大唐还有我秦王李世民。

我没想到，我打的胜仗越多，我爹对我就越冷淡。

当我抱病打败了薛举，我爹却杀了我的心腹重臣刘文静，我眼睁睁地看着他的脑袋被斩落在阴霾里，我却什么都做不了。

武德二年（619年）十月，也就是刘文静死后没多久，刘武周和宋金刚借得突厥兵，长驱直入。

留守太原老家的李元吉，先派能打的将领只带几十人出去送死，随后劝部下整兵守城，自己则会出兵袭营。完事就偷偷带着自己的妻妾弃城而逃。

派去的援军更是离谱，主帅跟马谡一样，高坡扎营，被断了水源还施施然出去找水，被杀得死伤无数，逃回长安。

这位主帅，正是逼死了刘文静的裴寂。

就这样，李渊还是选择让裴寂镇抚河东。于是晋中平原就被刘武周和宋金刚杀了个对穿，兵锋直逼关中。

长安震动，关陇忠臣在朝会上纷纷提议丢掉河东，固守关西。

我哥这时已经不是那个跟我一起劝老爹放手一搏的大哥了，他是太子。太子李建成也缓缓前行半步，说："儿臣认为几位大臣老成持重，是公允之论。"

我难以置信，都到这个份儿上了，还要保威权，还要搞政治。我那会儿忽然有点想笑，我想，我要是真跪着去夺嫡，去给这些人当孙子，我就不是李世民。

我爹的话音传下来："那就按诸君与太子的意思去办，贼军势如破竹，倾尽全力以三万人抵挡，确实未必挡得住，不如暂避锋芒，退回关西。"

太子行礼应是，大臣们深以为然。

我径直跳了出来。

万众瞩目之下，我深吸口气，目光凝定道："退回关西，割据一方？是等着被其他势力剿灭还是想着再做几十年的西魏北周？天下事当断则断，我愿领精兵三万，必能平定刘宋，克复汾晋！"

众臣的目光落在我身上，又纷纷快速移开，像是被什么光芒烫伤了眼。

那几天我像是又变回了我爹的好大儿，他还亲自送我领兵出城，推崇之意恨不能让所有大臣都清楚。前几个月执意要杀刘文静的人，仿佛根本就不是他。

二十岁这年，我再度统帅大军，回到了属于我的战场上，我到的时候，杀刘文静的裴寂还在前线迎敌。

裴寂没有对敌的本事，对百姓倒是挺狠，直接逼反了夏县。他只好赶紧去征讨夏县，还没破城呢，又被尉迟恭逮到机会，一波突袭，生擒了裴寂在内的一群高官。

劣势都这么大了，能怎么拉扯？

其实也简单，你打你的，我打我的。尉迟恭去打裴寂、救夏县，那我就不能跟在尉迟恭屁股后面试图救援裴寂。

我自己跑去当斥候，探清了战场附近的地形，直接预判尉迟恭动向，在他回兵的路上设伏。别人预判尉迟恭的动向，都是回他的营寨，可我认定了尉迟恭抓来这么多朝廷大员，就一定会去向宋金刚和刘武周请示。

这是战场，不该考虑胜负之外的政治。

于是我在美良川设伏，大败尉迟恭。

之后尉迟恭只要出兵，我就半路截击。宋金刚的粮道也被我盯上，断水破城，骚扰的法子太多了，逼他只能出城抢粮。出城就被我截击，尉迟恭被我亲自领兵击退。

麾下将领南北奔走，却两处败北，时日一长，宋金刚只能撤。

大军在柏壁跟我窝了好几个月，终于磨好了刀，当宋金刚一撤，我拎着这把刀，眸子里望出火，出兵追击，大获全胜。

行军总管刘弘基拦我，说："秦王我们这已经是大功了，士卒疲敝了，您自己再追也会有性命之危，不如休整……"

我一把抽出袖子，说："不趁他立足未稳去追，等他缓过劲来安抚军心？天下事，岂能顾身？"

那天我率军一昼夜行二百里，数十战皆胜。

还不停，我还能追。

那场追击战，我不食二日，不解甲三日，追宋金刚到峡谷之中，一日八战，皆大破，俘虏斩杀敌军数万。

至此，唐最锋利的刀，才收入鞘中。

见宋金刚败得这么彻底，刘武周当场放弃并州，逃亡突厥。尉迟恭献城投降，汾晋强敌授首，大唐转危为安。

这年我二十一岁，我又赢了。同年，我马不停蹄，又奔赴洛阳，要拿下王世充。

刚开始交战的时候，我在慈涧跟王世充对峙，就对峙的工夫，跟尉迟恭一起投降的刘武周旧将，跑去投了王世充。

一群关陇老将在那儿暗自腹诽，说这人肯定是不能用了，不杀了也得严加看管。

我才不管。

我把尉迟恭叫过来，给他摆了一桌子金银财宝，说："我手底下那些关中旧人不信你，也正常，但是我不正常，我就信你，我觉着你有义气。那些人蝇营狗苟勾心斗角，格局只有指甲盖那么大。你要觉着还能跟我干，你就留下，你要是格局也就那么点，想走，那就拿着钱走，我们江湖再见。"

尉迟恭当场就给我跪下了，要不是觉得大老爷们泪眼汪汪不太好，我怀疑他两滴泪也能连带着砸下来。

之后我就带着尉迟恭一阵冲杀，把慈涧的王世充逼回了洛阳。

在洛阳城内外对峙时，就回到了我熟悉的局面。跟打宋金刚时一样，我又开始一点点布局，在洛阳周遭的城池，派去瓦岗旧人、山东旧将，去劝降自己的故交，或者斩断粮道，夺取粮仓。

很快，几乎整个河南都降了李唐。步步蚕食，王世充不想等死，就只能拼命。

我等的就是他拼命！

那日，王世充率万余人出城偷营，屈突通等人带兵巡营，应对仓皇，节节失利，若非防御工事层层叠叠，各营之间错落有致，几乎就要败退。

此时，我破阵而来。尉迟恭跟在我身边，我这次带了一千玄甲军，他就是玄甲军军中统领。

黑衣黑甲黑面，一千人的玄甲军如一柄狭长而锋利的刀，没有任何阻碍地刺入王世充大军。

王世充大败，麾下被俘虏斩杀六千余人。

我围困洛阳数月，即将困死王世充的时候，把另外一位诸侯吓来了。唇亡齿寒，河北窦建德自然明白这个道理，所以带着十万大军，主动来攻。

又有人劝我回去，说不要死磕洛阳，不然腹背受敌、敌众我寡，委实没有胜算，不能把大唐精锐全给葬送掉。

其实何止是面对王世充和窦建德没有胜算，大唐江山面临的困境，远不止于此。

这年头我爹、窦建德，还有之前的刘武周、薛举，但凡在北边边境上的，都要给突厥交保护费。突厥人不可能放任大唐一统天下，给自己造就一个强大的对手。

我打王世充的时候，突厥人已经打到山西，逼近黄河。当窦建德大军杀到，我爹和大哥已经割让了河套，他们实在没有多余粮饷两线作战了。

突厥人的想法很简单，不管你多能打，你也要回来老老实实受我管辖，别再想着一统天下这回事了。

关陇旧将老成持重的话在我耳边绕啊绕，我死死盯着地图，我盯着牢不可破的洛阳城，我盯着更遥远的突厥草原、七年前到过的边关又浮现在我面前。

那里尽是百姓的尸体、哭喊的幼童。

我猛地一拍桌案，扬声道："就此回军，与苟且偷安何异？不能解民倒悬，澄清天下，本王便是死在洛阳，亦不足惜！"

这声喊震住了大帐里所有人，我的目光在这些人身上一一射过去，我沉声道："王世充军内外交困，纵有战心，也不可能突围。窦建德纵横河北，未见英雄，如今劳师远征，军纪松弛，抓住时机同样一战可破。"

胜算？有我就是有胜算！

我想如果我爹也在洛阳，他一定会骂我，甚至会想拔剑杀了我。这天下都是我爹这样的人，窦建德匆匆而来，也只是想逼我退兵；突厥人气势汹汹，也没真想入主中原。

天下不是留给他们这些人的。

老成持重拯救不了这个乱世，能重开太平的，只有一腔少年血气。

那天，我让屈突通带重兵继续围困洛阳城，自己则跟尉迟恭几人率三千五百人直奔虎牢关，要拦住窦建德十万大军。

河北兵马初至，我完全没有固守，先打他们前锋，以振士气。

这次我又跳到敌军阵前骂，二十三岁，正是飞扬洒脱的年纪，三军主帅都亲至阵前了，谁家前锋还能忍着，难道还要等大军到位啊？

窦建德的前锋冲过来，我跟尉迟恭反复冲杀，不消片刻便大败敌军，我指着败退的敌军，扬声笑道："吾执弓矢，公执槊相随，虽百万众若我何！"

此后又是一个月的僵持，突厥人进犯并州，王世充出城偷营，唐军总管战死。我断了窦建德的粮道，同时也有人来报知，军中混入了河北军的细作，把马料耗尽之事泄露了。

京城又发了圣旨，要我还朝。

我告诉他们，今若旋师，贼势复振，突厥也好，河北也罢，更相连接，江山一统后必难图！

"虎牢关之战,我打定了,谁来也拦不住我。"

那一瞬间,天下重担尽皆负在我身上,我输了,李唐将化为乌有,天下百姓又将被突厥人的马蹄踏在脚下。

所以我不能输。

我深吸口气,冲袍泽笑道:"明日放马黄河北,引窦建德出营来攻。"

也该让窦建德滚回河北了。

是的,但我也没想到,第二天发生的事会那么神奇。

河北大军来的时候,我已经埋伏好了,不断派小股骑兵观察敌军状态,敌军发现吃草的战马其实没几匹,也开始停下来四处寻找我军踪迹。列阵走了一个中午,河北军疲惫不堪。

我见到他们争着去喝水,有些营地的将领能把士卒喝退,有些根本没法控制麾下士卒,我目光一亮,战机到了。

趁他们喝水的工夫,我率轻骑当先冲杀,引河北军出阵追击,接着三千玄甲军奔袭而来,把阵形露出空隙的河北军打了个措手不及。

措手不及还迟迟没有收拢溃军,十万大军仿佛成了无头苍蝇。

我脑海中电光一闪,一个念头陡然闪过心头——此时河北军无人发号施令!

没人发号施令,窦建德多半正在大帐里开会,文武群臣什么的聚成一团,军情没法像平时一般迅速抵达,同样窦建德也没法迅速让人传令。这仅仅是一个可能,但我几乎立刻就断定它是真的。

三千玄甲,不再奔着造成杀伤、逼退河北人的战法去打,我大旗一挥,笑声震动四野,嗓子里喊出血来:"诸君,大唐天下,在此一战,今日三千玄甲破十万!"

二十三岁这年,我顶着突厥人的压力抗命出征,天下之重、中原未来皆系在我一人身上,我追着窦建德的中军大旗一路狂奔。

我追上了。

那几日,我生擒窦建德,逼降王世充,见王世充跪地请降的时候还搞起了恶趣味,毕竟这位王叔叔是隋朝老臣了,以前也见过他。

他跟我爹似的，说教味太重，天天都是"你太小了，你不懂"，什么妥协艺术，什么大局为重。

我冲他笑，说："王叔不是总把我当小孩吗？今天怎么对我这小孩这么恭敬？"

王世充能怎么办，除了干笑流汗，也无话可说。

只是我没想到，自己威震天下，除了一个天策上将的封号，换来的只有一座牢笼。

长安就是那座牢笼。

这期间除了突厥人打进来，需要开门放秦王的时候，其他时间我爹可不来给我好脸色。

即便太子牵扯谋反案，他怒了一怒，都能马上和颜悦色，而我只是在他跟太子都想要迁都以避突厥锋芒的时候，说了几句话，他便开始骂我了。

那我能怎么办？

历经数百年的混战，大隋二世而亡，大唐终于再次开创了统一的王朝，如今却因为突厥的兵锋，打都不打就要迁都舍弃半壁江山。

天下苍生等了数百年，就等来这样一个王朝吗？

这样一个王朝里，李靖只能和光同尘，尉迟恭或许会死于非命，这王朝容不下锋利的刀，容不下眸中尽是烈火的少年人。

可即便这天下要藏少年人的刀，我秦王李世民的锋芒也是藏不住的。

彼时彼刻，我不站出来，我就不是李世民。

二十五岁，我再次请命出征，用离间之计和一腔血气逼退了突厥。

这次回长安，大唐再没什么东西可以赏我。我问了下太子之前牵扯谋反之事，我爹便当着裴寂的面骂我。

"这个位子天命所归，该是谁的自然就是谁的，你急什么！"又对裴寂说，"你看到没有，这小子久不在朕的身边，已被那些寒门的读书人教坏了，再不是朕从前那个好儿子了！"

呵，我当然不是什么好儿子，我那些朋友在父皇看来无足轻重，杜如晦被后妃族人打下马，尉迟恭蒙冤下狱，被严刑拷打。

我去求他，我说："爹，我这辈子没求过你，求你放了尉迟敬德吧。"

我爹竟然很开心，他挥挥手，拿捏住了我。

路上又下起了雨，地上的雨水映出的我和尉迟的面容，又被踏碎在长街上。当时我瞅着雨幕里一片一片的自己，忽然觉得这个人有点陌生。这个人不再是一往无前的少年郎了，他的身形微微佝偻，双眼通红，透出一股难言的疲惫。

撞碎雨幕，水溅在我脸上，长安像世上最坚固的牢笼一样困住了战无不胜的凤凰。

我想起我跟尉迟恭说："吾执弓矢，公执槊相随，虽百万众若我何！"

那好像已经是很久以前的事了。

送尉迟恭到家的时候，我叹了口气，说："连累你了。"

尉迟恭咬牙道："这条命是秦王给的，为了秦王，尉迟恭生死无悔。"

这话可太有血性了，雨水又把这血性浇得一片冰凉，我伸出手，在虚空中想握住些什么，可终究没能握住。

我转身从尉迟恭家门前离开，走了几步，又猛地回头。雨水从长发上甩开，我反应过来："刚才我是想拔刀。"

尉迟恭微微一偏头，没懂。

我忽然笑起来，我道："长安的大雨里我看不清自己，所以我想拔刀，刀光里看到的才是我的面貌，只可惜长安城里没有我的刀。"

"可这会儿我想清楚了，我何必拔刀，我自己就是这世上最锋利的刀，只要我出刀，就没什么东西不能一刀两断。"

尉迟恭还是不懂，但不耽误他的目光越来越亮，甚至连身上的伤都不疼了。

我淡淡道："刘文静的仇这么多年了，总该一报。"

逼到这个份儿上，玄武门之变就势在必行了。我爹总以为我不去讨好他，不学太子跟李元吉那两人的嘴脸，不把打仗赢来的东西送给他的后妃，送去他的小金库，就是打仗打傻了。

我不懂他的道理，我只知道论功行赏，才能百战百胜。

即使我要面对上万禁卫、两千多东宫卫士，而我手里就只有八百人，那也不重要了。只要我下定决心拔刀，八百人就八百人，老子打的就是以少胜多！

谁跟你比窝囊，老子带着八百人也要掀了棋盘。

我抬起头，刀光里映出一双燃火的眸。

二十八岁，我带八百人速通玄武门，只是突厥人也正巧打到了长安城外。

我让李靖跟尉迟恭不用管我，只管绕后包围突厥，只要突厥人敢死磕，咱们就就地灭了他们。

可突厥人不敢，那正好，我也不想让长安百姓受兵灾。被敌人打到京城脚下，是我的奇耻大辱，所以三年之后，我便灭了东突厥。

当我把突厥可汗带回长安，让他在我父皇面前表演歌舞。父皇在突厥人面前当了那么多年孙子，这一刻终于扬眉吐气，顺便也跟我和解了。

说实话，我也不是很在乎。

正如开国之君的名头，我也不是很在乎。

唯愿国家强固，天下清明，百姓安居乐业。

嘿，天下事我自当之。

待从头，收拾旧山河，朝天阙

怎么才能用步兵打过骑兵呢？

历史问答角

提问：怎么才能用步兵打过骑兵呢？

关注问题　写回答　邀请回答　好问题2971　分享

@ 成吉思汗

没有步兵能打过骑兵，如果有，那是用骑兵的人太菜。

赞同 3624　评论 433　收藏 243　喜欢 2122

@ 蒙恬

一个时代有一个时代的战法，我那个时代就是战车开路，秦弩攒射，步骑协同作战掩杀。不过想打歼灭战，确实很难，往往能击溃敌军，却不能伤其筋骨。

赞同 2311　评论 333　收藏 232　喜欢 1232

@韩信

实名反对高赞回答，这世上没有固定能胜的兵种，只有固定能胜的人。再精锐的骑兵也需要水源粮道，十面埋伏，攻其必救。如何攻其必救，如何十面埋伏，视战场形势而定。

以与宋国对抗的骑兵为例，无论是女真人还是蒙古人都器满则覆，但是在巅峰时期也是随意屠城虐民的。绝不会有这样的军队纵横天下，如果有，那是他的对手太菜。

使高皇帝，遇淮阴侯，女真蒙古，何足惧也？

赞同 3624　　评论 433　　收藏 243　　喜欢 2122

@岳飞

谢邀，其实我本人早些年一直是用骑兵的，人到江南后，实在没有这个条件。要保家卫国，守护苍生百姓，用什么兵种并不重要。

赢才重要。

赞同 5831　　评论 435　　收藏 214　　喜欢 2376

待从头，收拾旧山河，朝天阙

——岳飞

文 / 房昊

　　为了赢下去，你要沉着，你要冷静，要谋定而后动。只要你所追求的梦想足够高远，摆在你面前的困境便也不算困境，功过荣辱，便也无足轻重。

　　我年少从军，十几岁提枪剿匪。

　　只带了几十号人，剿灭收服了数千贼寇。

　　朋友恭喜我时，我只望着燕云，远山起起伏伏，天地一片苍茫。

　　我对朋友说，国之大贼未除，没什么可喜的。

　　我的少年时代没那么意气飞扬，在死人堆里打滚，从国破家亡里跋涉而出。女真人的铁蹄汹汹而来，我曾经走过的繁华之路，填满了死人的尸体。

　　江山如此，能待何人收拾？

　　总要有人出山，总要有人义无反顾，死不旋踵。

　　靖康元年（1126 年），我二十四岁，这是我第三次投军。

这时我扛起长枪，目光是从未有过的坚毅。我想，此行出战，任前方千军万马，我也定要扫清鞑虏，荡出个朗朗乾坤来。

只可惜这天下并不是人人都如我这般想。

次年北宋灭之，官家继位，我原本在宗泽老元帅麾下作战，连胜十三仗，忽然就被官家调到他心腹黄潜善的手下。

很多人嘲讽官家应该复姓完颜的，他不该叫赵构，该叫完颜构。

当宗泽劝官家全力救援开封的时候，官家却带兵跑去大名府躲避，我当时在黄潜善手下，他也不愧是官家心腹，深切领会了官家的意思，把持官家三四万人马却按兵不动，任由宗泽围着开封打，丝毫动摇不了他一动不动的决心。

我只能在黄潜善军中，日复一日，百无聊赖，咬牙练枪。

当金兵终于抢完烧完了汴京城，带着三千多皇室成员及王公大臣北上，赵构才有空在韩世忠的护送之下打个几仗，打回南京，顺利继位，正式成为宋高宗"完颜构"。

"完颜构"对所有主战的奏章一概不理，上位之后，就知道闷头往南走。

我那时已经忍了几个月，终于忍不住了。我才二十五啊，一腔愤懑无处挥洒，没法刀枪斩敌酋，只能倾泻在笔端。

我写了几千字，说陛下已登大宝，社稷有主，正是伐敌之时，车驾一天天向南，如何肩负中原百姓之望？如今金人刚退，后方未稳，六军一旦渡河，必能振奋士气，克复中原！

这番呕心沥血的话，只换来了八个字——

"小臣越职，非所宜言。"

顺便还有一道旨意，革了我的军职，将我贬为白身，逐出军营。

夏日的风吹过我的长发，我向南望去，见南风接取了南渡的君臣，任血与火蔓延在北方的大地。

我没办法，我只能握紧手中枪。

当年我学枪的时候，师父告诉过我一句话，什么时候我心能忘手，手能忘枪，我的枪术便成了一半。那时候我还不明白，怎么才能忘手忘枪。无论是在战场上，还是江湖中，明明只有握紧手里的长枪，才能有制胜的希望。

而保家卫国是我此唯一的执念，于是我又以身入局。直到建炎元年（1127年），我粮尽多日，又遇敌军。

那时我又到了大名府，这里的将军招收豪杰，并力抗金。我奉命与都统王彦渡河迎敌，王彦却迟迟不动。我知道有个词叫作壁上观，但我没想到事到如今，还有人可以作壁上观。

靖康之耻，二圣北去，这一路北上无数百姓倒毙在路旁，家人死在眼前却不敢放声大哭，只能面色悲戚，又或者渐渐面无表情，走在南逃的路上。

他们背后，是被金兵付之一炬的家园。

我闯入王彦帐中，怒斥他作壁上观，如此观望，难道真要投贼不成！

王彦默然，置酒招待我，我喝不下酒，目光游离在酒席间，又发现了一桩丑事。

王彦的幕僚，多次在手掌上写写画画，暗示王彦。

我凝神看了片刻，看出那是一个"斩"字。

我一怒离席，率领本部渡河出击，先擒千户长，又破万户王。

我对弟兄们说："如今两战皆胜，金兵一定会大举来攻，早做准备，奋力厮杀，当有胜算。"

那天我们迎着涌来的金兵四下设伏，只是不免有寡不敌众之危，我深吸口气，提枪冲在了最前面。

那一刻我忽然明白了什么叫手能忘枪。

那把铁枪似乎已经与我融为一体，我提枪点出漫天寒星，数道刀痕箭创留在我的身上，我浑然不觉，一往无前。

那一战还是赢了，只是我们也濒临绝境，断粮多日。

我杀马为粮，但也只是杯水车薪，我只能再去找王彦，我想我三战三捷，他总能有点勇气了吧。

王彦没有。

不必提出兵，他连军粮都没给我。

月黑风高，我走在回战场的路上，现在想要活下去，唯一的办法就是再次作战，击溃附近的金军，搜罗他们的军资。

只是何至于此呢？

我抬头看着墨色苍穹，心想天日昭昭，何时能见？

回到我的袍泽身边，我开始擦枪，心中一腔悲愤，热血涌动，我率军去求一条生路。猝不及防，又遇到敌兵主力。弟兄们心志再坚，也不免有天要亡我之感。

是天要亡我岳飞吗？

我深吸一口气，下意识握紧了手中铁枪，这时我早已忘了师父的话，也忘了什么叫心忘手，手忘枪。

只有向前。

万般风雨，波浪千重，我有一枪。

那日，我单骑持丈八铁枪，刺杀虏帅黑风大王，惊走其众三万，虏军破胆。

二十五年武艺，终于通玄。

脱困之后，我又去投奔宗泽，只可惜宗泽老元帅年事已高，没撑太久，便病逝榻上，弥留之际哑着嗓子，三呼"过河"，没能闭上双眼。

我抹掉脸上冰冷的泪，在心里默默对老元帅说，您放心，我一定替您过河。

显然接任宗泽之位的杜充不这么觉得。

杜充在开封予取予求，贪图享乐，逼反了曾经并肩作战的义军。

那些乱军跟被裹挟的民夫，浩浩荡荡，二十万人，要把开封城再次吞下。

杜充吓得面无人色，他四处求救，他说："女真人大势已成，想抗金必然要有朝廷支持，没有本官，你们谁都别想立足江南。"

这世道，本该是能救国的便能立足。

可我知道杜充说的才是对的，大宋向来不喜欢武夫，更别说孤身从敌境返回的武夫。

于是我缓缓拔刀，说："且看我为尔等破敌。"

我就带几十骑，反复冲杀，所向披靡，二十万叛军里不知裹挟了多少民夫，乱起来四处逃窜，反被掠阵的八百骑迅速切入。从午时杀到申时，终于彻底击溃了这二十万叛军。

斜阳余晖，照在我脸上忽明忽暗。

这里死的人，全是不该死的人，他们不是士卒，他们本该有更好的人生。杜充没我那种斩杀同胞的复杂心情，他只顾大声笑着，出来抱我。

我闪开了，我肃穆道："留守，叛军已去，可安心抗金了。"

杜充眼睛眯了眯，眉头也皱起来，说："鹏举啊，有些事你不清楚，咱们可能在开封待不了多久了。"

这消息比听见二十万叛军更让我觉得惊悚。杜充以缺粮为由，要带我们去投奔赵构，我才确信了这人是准备弃城而逃。

我去拉他，说："留守在此，若今日一抬脚，汴梁就丢定了，长江以北再无重镇，半壁江山拱手送人，再想打回来，没有十万兵马不可行，留守何至于此，何至于此！"

可任由我如何神力，也拉不住一个杜充。因为杜充背后，是整个南渡的朝廷。

不久后金军南下，渡江而来，时任建康留守的杜充再次弃城逃亡，没跑过金军，就直接投降了。

我没再跟着杜充跑，昨日弃开封，今日弃建康，还有几处可弃？

我深吸口气，站在了营门前。

留守都逃了，要跑的将士自然不在少数，黑夜里篝火熊熊，乱兵涌到门前时，就见到白袍猎猎的将军手持长枪，在自己手掌心割出一道血痕，滴滴鲜血洒落在地。

渐渐地，嘈杂之声从乱兵里消失了，人们静静呼吸，看我双目赤红，横枪而立。

我一直沉默着，等到来的人越来越多，终于吐气开声。

"我辈忠义报国，所立功名垂于竹帛，日后都是戏文里的英雄，要么活着回家，要么死而不朽。真投降金虏，被赶去送死，跪着当奴隶，又或者溃散为贼，劫掠四方，成了那些逼你们无家可归的凶手，这是你们一开始投军想要的吗？"

我不知道那夜的呼喊，会不会如流星划过天边，而后砸在麾下儿郎心底，但我只能喊出来。

"建康，江左形胜之地，胡虏一旦占据，大宋再无立国之基，今日之事，有死无二，敢出此门者，先问岳某的枪！"

这句慷慨激昂的话落在地上，荡起营中士卒一片热血。

几天之内，我在营中一次次宣讲，和士兵们推心置腹，让这批从北方逃来的儿郎一见到我的身影，就想起回家，就燃起斗志。只可惜随着杜充投敌的消息传来，其他营寨里又乱起来。

汹汹乱象之中，有人联系我，说："几位将军商量过了，想设宴推您为主帅，在您的带领之下投奔金国。"

我不由失笑:"前几夜的事,他们没听过吗?"

那人沉吟片刻,又道:"大家听过,不过大家也相信,此一时,彼一时也。"

我点点头:"好,我去赴宴。"

建康城外的营盘里又响起歌舞声,灯火连绵,我都不知道其他几位将军是从哪里找来的歌姬舞娘,跟我一起赴宴的几位袍泽也面色古怪。

战士军前半死生[1],原来跟美人帐下犹歌舞一点不冲突。

推杯换盏间,我控制着自己,没多喝,我怕多喝之后忍不住把这些浑蛋都打死。只是借了三分酒意,笑着对众人道:"先前有人对我说,此一时,彼一时也,我不知道在座的有几人是这般想法。我家世代为农,头上只有一片天,不懂这些道理。在我岳飞身上,永远只有一个时代,没有彼此之分。"

"抗金,就是我的时代。"

这番话说到一半,我脸上的笑意就消失了,到最后一句,眉眼已锐利如刀。

席间不知多少人脸色大变,更有几名决心投敌的将领猛地拔刀而起,刀光只出鞘三寸,便转瞬间泯灭在夜里。

我刹那出手!

身边的两三个兄弟也猝起发难,几人掀桌子出拳飞脚,刀都没出鞘,地上就倒了几十号人。

直至没人再敢动手,我才扫视众人,一字一句道:"尔等要投金,除非杀我,今日若杀不得我,便忘了投金之念,随我杀回家乡!"

目光凛凛里,众人莫不俯首,齐声应是。

之后的几日,我整军完毕,正式开始独立领兵的生涯。我追在金军身后,一路收复失地,大破敌军,追起金军来连命都不要。

之所以能打得这么酣畅淋漓,大抵是因为金军主力已经南下,二则是因为我麾下这些袍泽愿意出力。

"尽忠报国"四个大字刺在后背,我又见过家乡太多惨象,我太清楚这些惨象是如何

---

1. 出自唐高适的《燕歌行》。

造成的。所谓贼过如梳，兵过如篦，往往官军剥削百姓，杀良冒功，比贼寇更狠。

我三令五申，又开诚布公跟大家谈过数次。

"冻死不能拆屋，饿死不能掠民，我们是来救他们的，我们是来带他们回家的，不是跟金狗一样来害他们的。"

这番话真切落在儿郎的心头，也真切在百姓那里得到情真意切的反馈。

我的兵马就开始变得不一样起来。

于是我六战皆捷，驻兵钟村，当时军粮用尽，几千士卒就那么饿着，也没人扰民。

天明拔营，我脸上也没什么表情，似乎大家做的只是一件再正常不过的事情。我只是人在马上向南提枪，说："走，我带你们去填饱肚子。"

三军齐齐又低低应了声好，像是暴风雨之前，滚动在天际的闷雷。

耳边传来这个动静，我终于扯动了嘴角，露出了些许笑意，那年我二十七岁，几乎从无到有，从败军与逃兵之中拉起了队伍。

这支队伍没让我失望，我想有这些兄弟儿郎，何愁不能克复中原？

之后很长的一段日子里，沙场就成了岳家军的舞台。从前女真满万不可敌，如今但凡我岳家军出手，就真的无一败绩。

我收复建康，献俘京城，第一次见到了赵构本人。我再次剖肝沥胆进言，说："金人南下，必过江淮，之前有大臣请调微臣，臣以为不可，更宜多派兵马，固守江淮。"

这番话说得诚恳，又有理有据，外加真切谈到了赵构的人身安全。

赵构当即离席而起，大为赞叹，并亲自赐我百花袍、金腰带，又令人送上五十副铠甲，激赏之意溢于言表。

那会儿我也才二十八岁，还不懂什么叫表演型人格，只是当时目睹这一切，我忍不住又从心底升起了一簇希望之火。

我想，圣天子或许只是受人蛊惑，本心还是圣明的。

自那以后，我北伐了四次。

从小我便爱读三国，小时候最喜欢关二爷，但时至今日，我才因《出师表》湿了眼眶。

第一次北伐，我三个月收复荆襄六郡，受封节度使，成了大宋最年轻的节度使。

第二次北伐，得到了太行山的消息，可以趁势接应，但那段时间我母亲去世，自己也患了眼疾……不过想想，都不是什么大问题。那年我真的打到了太行山，我想跟宗老元帅看看，这是咱们的许愿台啊。

我们马上要渡河了。

只可惜我没等到渡河，只等到班师回朝的圣旨。

我远在太行山，连日没有收到军饷的消息，心一点点往下沉去，双目之中的疼痛又泛上来，不由闭了闭眼。再睁开，我吞下几乎要叹出的气，轻声对身边人说："整军，班师。"

回师途中，一腔热血终究按捺不住，我又像很多年前一样，在刀枪无法斩去仇人头之时，只能将悲愤之情诉诸笔墨。

怒发冲冠，凭栏处、潇潇雨歇。抬望眼，仰天长啸，壮怀激烈。三十功名尘与土，八千里路云和月。莫等闲，白了少年头，空悲切！

靖康耻，犹未雪。臣子恨，何时灭！驾长车，踏破贺兰山缺。壮志饥餐胡虏肉，笑谈渴饮匈奴血。待从头、收拾旧山河，朝天阙。[1]

之后的第三次北伐，也大同小异，赵构就是不愿给岳家军发粮了，我们只能一点点收复失地，完事后接着撤退。

那时我已窥破赵构的心思，把一伐时招降的伪齐兵马，悉数遣散回北方，并恳切地对他们说："你们都是国家赤子，是中原百姓，不幸沦落到这等境地，如今我放你们回去，只希望你们能怀念在身处岳家军的这几日，能想起从前的平安喜乐。

"日后王师再来，还请务必相助！"

只可惜这次事毕后，我险些再没机会北伐中原。

伪齐被我三番两次打击，金人数次救援，终于觉得这方势力太过鸡肋，主动取缔了它，并借此与南宋和谈。和谈的条件呢，也特别简单，无非南宋称臣，以后就是金国的藩属国。

国书上写得清楚明白，这就不叫和谈，这叫招抚，和谈的条件，所谓的归还河南土地，那也不叫归还，叫赐予。

那年秦桧替赵构跪倒在金国使者面前，接受了金国的国书，赵构为了庆祝"和议"达成，更是大赦天下，并对各色将领大加封赏。

比如加封我开府仪同三司衔。我当场拒绝，我不仅不受，还上了封奏折，说自己能

---

1. 出自岳飞《满江红·写怀》。

定谋于全胜，收地于两河，收复燕云十六州，复仇报国，令金人俯首称藩！

这封奏折递上去，半点动静都没有。

没辙，我只能一遍遍申请辞去开府仪同三司衔，寄希望以此得到点回音。

我说："今日之事，可危而不可安，可忧而不可贺。可训兵饬士，谨备不虞；而不可论功行赏，取笑夷狄。"[1]

这次终于有了回音，赵构又下了一次诏书，温言劝抚，说看在朕的面子上，你就接了吧。

他都这么说了，我能有什么办法，我也只能接下。

那几天里，我徘徊在深夜廊下，总是想起自己从前写过的一首词。

昨夜寒蛩不住鸣。惊回千里梦，已三更。起来独自绕阶行。人悄悄，帘外月胧明。白首为功名。旧山松竹老，阻归程。欲将心事付瑶琴。知音少，弦断有谁听？[2]

知音少，弦断有谁听？

最后一次北伐，我是抗命出征的。

这么多年，女真人还是骑兵纵横那一套，至多发展出了铁浮图，用重装骑兵，可我什么没见过？

郾城一战，金兀术出铁浮图，又出三人联马，贯以铁索，号称拐子马，都是重装骑兵，但凡冲起来就无可匹敌。

我能敌。

岳家军能敌。

要打这些重装骑兵，只有一个很简单，也很残酷的办法——不怕死。

只有不怕死，才能手持长刀巨斧，面对汹涌澎湃冲击而来的重骑兵方阵，在令行禁止的呼声中俯身下潜，一刀砍断马腿。即使真的砍断了，身着重铠的战马压在身上，也是会死人的。

可好消息是，只要倒了第一批重装战马，金人后续的冲锋就会受很大的打击，敢死

---

1. 出自《宋史·岳飞传》。
2. 出自岳飞《小重山·昨夜寒蛩不住鸣》。

之士低头挥刀就砍，岳家军随后跟上，金兀术的骑兵就这样没了用场。

史书记载，只有四个字——

官军奋击。

这四个字里包含了多少回家的渴望，多少不顾生死的豪情，多少个日夜里的恳切相谈，多少次手持军棍的残酷训练。

直至他们倒下的那一刻，他们仍旧相信，我能领着剩下的兄弟大破金军，直捣黄龙，带兄弟们和自己的骨灰回到故乡。

我也确实做到了，甚至我能说放眼千年，也没几个人能比我做得更好。

郾城大捷，朱仙镇大捷，到后来我只需要几百人，就能大破金人仗之纵横天下的重骑兵联队，金人技穷，只能撤出开封，逃向北方。

河北义军四十万，群起响应，而金兀术再行招兵，已无人来投。即使金人凌虐打骂，人们也只高昂着头，说等岳爷爷来了，管教你死无葬身之地。

金兀术从没感觉这么恐慌过。

三十八岁的我壮志未歇，两次大捷之后请人对十万袍泽高呼："今次杀金人，直到黄龙府，当与诸君痛饮！"

故事永远停在了这一刻。

我矫诏出兵的消息已传到了京城，或许是接二连三的捷报让赵构不得不怀疑，又或许是赵构没了儿子，生怕沾惹半点麻烦——

你要收复中原，你要克复神州，你要天下百姓都能回家，都能安居乐业……

那跟我有什么关系？我只想苟且偷安，我只想在江南享受歌舞升平，谁来打扰这份歌舞升平，谁就是我的敌人。

从前金人和伪齐打扰我，那你岳飞就是我手中最好用的刀；如今是你岳飞在北伐，在挑拨事端，那你岳飞就是我的敌人。

十二道金牌，赵构或许只发到了岳飞手里，或许也直接发到了岳飞麾下十二统制的手里。

只要岳飞麾下的统制不能互相信任，一方不理金牌去进军，另一方就有可能因为金牌而退兵，这时候必定配合不当，必定损兵折将。

赵构甚至还笑了笑，心想自己果然还是很聪明的，不愧是中兴之主。

就这样，我也停了下来。

四十万河北义军还在闹，金兀术仍旧征不到兵，只能黔驴技穷般地运用骑兵，他已经被我打废了，且不说没有这十二道金牌我究竟能不能直捣黄龙府，至少收复开封，收复河北，是绝对没问题的。

奈何赵构偏偏发了这十二道金牌。

汴京城的百姓也好，河南河北的读书人也罢，乃至各地的义军，都纷纷来问我，说："我们南望王师一年又一年，如今中原赤子心如此坦露，你何忍弃之而去？"

"你弃之而去，可想过我们会有什么下场？"

我向来冷静，那天却也一次次地忍不住，一次次流下热泪，我从怀里掏出诏书，咬牙切齿："我本就是矫诏出师，再自行擅留，与谋反无异也！

"所能做的，不过是留军五日，等中原百姓迁移襄汉。"

当三军班师鄂州，听闻河北四十万义军转瞬被金兀术弹压，我恨不能拍碎栏杆，吴钩斩尽无数山，却终究什么都不能做。

万千愤懑，化作一声长叹。

"所得诸郡，一旦都休！社稷江山，难以中兴！乾坤世界，无由再复！"

十年之功，毁于一旦。

这次回朝后，我没再像从前一样一次次上疏北伐，年近四十，万分疲惫了，我上疏请辞，想解甲归田。

只是后来的故事，大家也都知道了。

金军被这么一顿打，也再无力南侵，遂主动与赵构和谈，赵构从没想过还有这等好事，对和谈条件是万般应允。乃至条件里有一条：必杀飞，始可和。

风雨潇潇，我进大牢的时候，袒露背上四个大字，是所谓"尽忠报国"。我抬起头，说我这一生，无妾室，无余财，一心克复中原，可对天盟誓，无负国家。

主审官为之动容，无法再审。还是秦桧跑过来，说此乃上意，才催着这流程持续走下去。

多的是读书人在质疑，自身处境也堪忧的韩世忠喝了几杯酒，终究忍不住，跑过来质问秦桧："岳飞到底有什么罪？"

秦桧只道："还未审结，莫须有也。"

韩世忠定定盯着秦桧，说莫须有三字，何以服天下？

秦桧不答，韩世忠除了发泄怒火，他也实在做不了什么，除非他要带着全家老小与我一起赴死。

绍兴十一年十二月二十九日（1142年1月27日），天降大雪，大理寺狱外传来脚步声，我用力闭了闭因北伐而无时间治疗的双目，再度睁开，挥毫写下八个大字。

接着站直了身子，迎接我未曾料想过，但也不曾惧怕的结局。

这年我三十九岁，死于大理寺冤狱。

只留下狱中绝笔，笔走龙蛇，墨如二十年间淋漓血，字字无言诉苍天：

天日昭昭！天日昭昭！

青山埋忠骨
万籁作铮铮

颜真卿究竟是什么样的人？

历史问答角

提问：颜真卿究竟是什么样的人？

关注问题　写回答　邀请回答　👍好问题1126　◀分享

@ 山间一老丈

善哉善哉。

老朽看来，他来红尘一遭，历劫修心。

他杀敌寇，写心性，最后尘缘已了，世事已尽，对得起家国，烧尽了自己。

我只愿神灵看他一身功德，让他回天上时做个不谙世事的小神仙。

赞同 9234　评论 1325　收藏 21　喜欢 134

青山埋忠骨，万籁作铮铮

颜真卿

文／捌爷

你信世间，真有神否？

那老丈喝了我的酒，神情诡谲地对我说道："老朽所说的不是庙宇道观里供奉的木胎泥塑，也不是志怪传说里的神仙妖怪。"

老丈所说的神，原本是个活生生的凡人。

我正在著书，名字也已经想好，就叫《开天传信记》。这历朝历代的传奇故事，再没有比我大唐开元、天宝年间的英雄们的故事更加精彩纷呈的了。

老丈说："主人自生来实则便已是不凡。琅琊颜氏，你可知晓？"

这话问的，看不起谁呢？

我郑綮，可是出身"五姓七望"豪门巨族荥阳郑氏，且有进士功名在身的，诗书礼乐，学贯古今，日后便是当个宰相也未可知。琅琊颜氏，我岂会不知？

我回应那老丈，语中满是景仰："琅琊颜氏，是孔圣人门下七十二贤之首颜回的后人。"

老丈十分感慨，连声说甚好甚好，苍老的眼中隐约有着浊泪："颜家，已经没有多少人了……"

他似乎真的很担心这支姓氏、这个人，终会被世人所遗忘。

他的主人是颜真卿，生于景龙三年（709年），字清臣，别号应方。

老丈说，这些都是外人叫的。

我便问，那你们家里人怎么叫他？

老丈却反问我："你可知道'羡门子'是何意？"

老丈自幼跟着主人当书童，而主人也一向读书刻苦。

三更灯火五更鸡，

正是男儿读书时。

黑发不知勤学早，

白首方悔读书迟。

他与有荣焉地"嘿嘿"笑道："这是主人七岁时写的。"

每每当主人用功到废寝忘食，他的母亲殷氏就会带着热胡饼，来敲书房的门，柔声唤主人小名："羡门子，羡门子。你真是要成仙呀？"

岁暮期再寻，幽哉羡门子。

我想，羡门子，那可真是个神仙般的名字。

老丈像是又从记忆里找到一个证据，于是言之凿凿地开口："主人注定就是神仙的命格。"

我也仿佛看见一个寡居慈爱的母亲带着热腾腾的吃食，又怜又爱地管自己的儿子叫着"小神仙，小神仙，你不吃饭呀？"的样子，不禁心头又温暖又酸楚。

她要是知道自己的儿子们，她的小神仙，日后要在人间受多少年挫磨和酷刑，会有多心疼？

老爷颜惟贞在颜真卿三岁时便故去了，族中人虽有帮衬，但家里兄弟姐妹十人，全靠夫人独自抚养教育，到底力不从心。

颜真卿十一岁时，夫人便带他回了苏州，投靠外祖父。

"苏州真是一个好地方，"老丈感慨，"夫人不用日夜操劳，主人的堂兄颜杲卿也时常来拜会，他和主人最是性情相投。"

那时候，连风雨都是柔柔软软的，就好像无事不美好，往后，一切都将苦尽甘来。

小神仙就这样在苏州度过了宁谧的十一年。

等到颜真卿二十出头，再回长安的时候，他入了福山寺，潜心备考科举。

"你可知入福山寺有多难？"

我只好应声，我当然知道，福山寺可不是一座寺院，而是我大唐出了名的学府书院。

老丈点头，说："主人自然考什么都能考中，次年，他就一举中第。"

颜真卿在开元二十二年（734年）做了进士，经策全通，甲等及第。于当年娶了长安名门，中书舍人韦迪之女为妻。

韦夫人知书达理，家学深厚，韦家藏书足足有两万卷，其中更是有大量的古董、名画、魏晋以来的名家书法，全都放开给颜真卿欣赏和阅览，他也是在这两年间通过大量观摩、鉴赏，书艺大成。

"主人参加吏部应试，须得'身言书判'……"

我知这老丈又是要考我，便直接开口："身，即是体貌丰伟；言，即是言辞辩正；书，即是书法遒美；判，即是文理优长。四个方面全都出类拔萃，才能入朝为官。"

老丈见我如此上道，便捋须而笑："我家主人，当年是三判优！名列前茅，授予秘书省著作局校书郎和朝散郎……可惜，未来得及做出一番事业，老夫人在洛阳病逝，主人不得不服孝三年。等到天宝元年（742年），主人再次参加科举，中了博学文辞秀逸科！我的主人就没有考不好的学！"

之后老丈都随侍颜大人身边。他在各处州县任职，升任监察御史后更是各地巡查，功勋卓著，一路升任到尚书省兵部员外郎，散官加朝议郎。

老丈说起了颜御史在朔方弹劾县令郑延祚的事情，我说，这事倒是不用细说了，我可能比你知道得还清楚。

见老丈不解地看着我,我说:"您忘了?在下正是荥阳郑氏族人。"

因被颜御史弹劾以致罢官永不叙用的郑延祚及其兄弟三人都不肯出老母亲的丧葬费,互相推诿,将母亲的棺木扔在佛寺空园之中整整三十年。如今他们名声狼藉,已成了郑氏族中之耻。

老丈见自己说起主人旧事,知道的内情竟反不如我,似乎不服气,猛然又提起了一件旧事。

那时颜御史巡察陇右,到了五原县,当地已是久旱,田地里的庄稼就快要绝收。县民们无论如何乞求上苍,仍是毒日当空。

"你知道为何不下雨?"

"这……"这老丈终究是难住我了,"莫非是龙王爷想念李靖将军?"

"非也!"老丈摆手,然后神情肃穆地盯着我,一字一顿地对我说,"乃是因为五原县,有冤情!而且是陈年冤案!"

"哦?"我来了兴致,"什么样的冤案?"

老丈却说:"老朽不知。主人审理冤案乃是公务,又不会带着家奴。老朽只知道,正当案件审结之时,突然,天降大雨,久旱逢甘霖!"

"所以,你便相信,这是颜大人平息了冤案之功?"

老丈反驳道:"并非老朽一个人这样认为!五原县所有的百姓都这么认为!他们将其称为——御史雨!"

上天也许真的曾经为这位刚正的御史在五原县下过一场御史雨。

"主人是神仙啊。"老丈笑说。

颜御史后又任平原郡太守。

颜御史不畏权贵弹劾过"五姓七望"的郑氏兄弟,他也为百姓蒙冤昭雪,让上天为他下过一场久旱之后的甘霖。

颜氏和平原郡是有着很深的缘分的,三国时期的颜斐,北齐时的颜之推——也就是颜真卿的五世祖父,到了现在颜真卿自己,都出任过平原太守。

可能也是因为这样，颜太守相信，自己有责任要守住平原，而他也将迎来人生中最辉煌的篇章。

他一介文人，平原驻军不过几千，他的对手却是当时拥兵二十万、占据全国近一半军事力量、几乎颠覆了李唐江山的三镇节度使——安禄山。

天宝十二年（753年），颜太守到了平原后，就已经察觉到安禄山的野心。他明面上装出一副只知道以文会友、宴饮赋诗的浮华做派，麻痹安禄山，暗地里却以防汛为名，修筑城墙、储备钱粮、赶制兵器。

但是，时间远远不够。

天宝十四年（755年），颜真卿到平原郡的第三年，安禄山发起范阳兵变，安史之乱爆发。

叛军二十万挥师南下，沿途的州郡郡守不是开城投降就是弃城而走，或是城破后毫无自保之力地被擒杀。叛军势如破竹，河朔尽丧。

唐玄宗惊叹："河北二十四郡，无一忠臣邪？"

有的。

"国家之恩，勠力死节，无以上报！焉有人臣，忍容巨逆？必当竭节，龚行天讨！"

颜真卿继续镇守平原郡，没有投降，没有败走。他在十天内募集了万余兵士，紧急编制训练，联络堂兄常山太守颜杲卿，设计斩杀叛将李钦凑，夺取土门关，切断叛军西进的通道。

天宝十五年（756年）正月初八，堂兄常山郡守颜杲卿与他联合起兵反击，河北二十三郡中二十郡响应，共推颜真卿为盟主，合兵与叛军一战！

安禄山攻下洛阳之后，发现后方不稳，于是杀害了三名不降的洛阳官员，意图将他们的首级送到各郡进行恐吓。

这一队使者刚到平原，颜真卿便将使者直接斩杀，称送来的首级是假，以便稳定军心。

颜真卿联合北海太守贺兰进明，率义军万余人与叛军一昼夜的激战，斩叛将袁知泰，收复北方重镇魏郡，又于堂邑大破史思明偏师，史称"堂邑大捷"。

然而，颜真卿在东部的胜利却也没有办法挽回唐王朝在西北潼关的惨败，长安陷落，玄宗出逃。叛军主力回师河北，颜真卿寡不敌众，河北再度沦陷。

天宝十五年（756年），常山郡被安禄山叛军包围，安禄山俘虏了颜真卿的堂侄颜季明——那个"宗庙瑚琏，阶庭兰玉"的颜季明，用儿子的命去逼迫常山太守颜杲卿投降，但是颜杲卿仍不肯屈服。

安禄山将颜季明斩杀，悬首示众。

正月初八，常山郡城破之后，颜杲卿被肢解处死，临死前他仍对安禄山怒骂不止，被钩去了舌头。

为张睢阳齿，为颜常山舌。[1]

颜常山、张睢阳、段太尉辈，一代不过数人也。

唐肃宗在灵武匆忙继位，改年号为至德。当时所谓的满朝文武不足三十人。

至德元年（756年）十月，平原城兵少粮尽，被安禄山军队团团包围，等外援相助毫无希望，颜真卿无奈，只得弃郡渡河，率领残军回归了元气大伤的李唐。

这场仗一直打到了至德二年（757年）十月，肃宗才收复两京。

老丈说，他的主人曾经寻找过亲人们的尸骸，但是只找到了侄子颜季明的头颅和一些散碎遗骨。

颜家满门忠烈，上下三十余口，尽皆屠戮。

最终只留下了一块《颜氏家庙碑》。

颜真卿为颜季明写下了一篇《祭侄文稿》，誊抄仔细的祭词被用于烧给彼岸的亡魂，后世人所能看见的只是他撰写的草稿，就算如此，这篇手稿也被誉为"天下第二行书"，仅次于王羲之的《兰亭序》。

"父陷子死，巢倾卵覆。天不悔祸，谁为荼毒？念尔遘残，百身何赎？呜呼哀哉！"

如果你第一次看到这幅作品，会意外于它的凌乱，不解于满篇的涂改。而当你真切读过这篇手稿背后的故事，你只会哀戚于这纸上尽是他凝固的悲哭和哽咽，椎心泣血。

纸上墨色无声，卒了千年。

在短暂的和平中再度迎来的，不仅仅是百姓们的太平之世，更是官员们朝堂上的权

---

[1]. 出自文天祥《正气歌》。

斗倾轧。

宝应元年（762年），玄宗、肃宗相继驾崩，代宗继位。李唐此时已是风雨飘摇，经不住任何一丝动荡。此前临危受命、功绩卓越的颜真卿，一度受到重用，官拜礼部尚书，受封鲁郡开国公。

"诗止于杜子美，书止于颜鲁公"，颜真卿的书法登峰造极，就像李杜的诗、公孙的剑、杨玉环的舞……都只是锦绣盛唐的一片华彩。

他见过天宝年间的长安，是他的幸运，然而，他还要继续看见之后的长安，又是何等的悲凉。

广德元年（763年）十月，吐蕃趁机举兵中原，代宗出逃，长安再度陷落。直到年末，郭子仪克复长安，代宗才得以返京。

代宗在任期间，颜真卿再度因为不讨权贵喜爱的刚正性格而连遭贬谪，他依然刚正不阿，像一块孤独的顽石。

他被讥讽为"不合时宜"，被宰相元载仇恨，再度被贬，从朝堂中枢一路被赶回了地方，其间虽有短暂复起，但终究是沉寂，直到元载倒台，代宗驾崩，德宗继位。

德宗念其功勋和声望，又召颜真卿入朝任吏部尚书。

颜真卿早就不年轻了，德宗是他效忠的第四朝天子，是古稀之年的老臣，只是一身铜心铁胆依然耿直到令奸臣恨之入骨。不过三年，他因为得罪宰相卢杞而外放蓬州。

唐王朝藩镇割据，几乎分崩离析。建中三年（782年）十一月，李希烈等五人叛乱，德宗皇帝仓皇逃亡奉天，无计可施。

宰相卢杞趁机进言，派一位儒雅重臣去向乱党李希烈奉宣圣泽，乱党必然革心悔过。颜真卿是四朝臣子，忠直刚决，名重海内，如果他能深入敌营，劝降对方，那不需要一兵一卒，即可平息叛乱。

"主人他自然知道此去必死。"老丈说到这里，掩面痛哭起来，"但是……他一生都是这样的人。"

我想，德宗并没有真的指望颜真卿能靠一己之力说服叛军，他只是死马也当活马医，

青山埋忠骨，万籁作铮铮

根本无谓于成与不成。

继位三年，资历尚浅的德宗只看得见那是个说话不中听的老诤臣罢了。

最后，那是兴元元年（784年），这一年老丈一辈子也忘不了。

老夫人的小神仙，老丈的老主人，被三尺白绫缢死在龙兴寺的松柏树上。

老丈一生都跟着主人，他收殓主人尸骸，扶着灵柩，一路从蔡州流泪到华阴。待到很多很多年之后，颜氏后人想要将他的坟迁葬回长安，老丈看着他们又把自己亲手一捧一捧安葬好的主人棺椁挖了出来。

棺材朽了，可主人没朽。

老丈相信自己的主人是个神仙，他离世多年，肌肤须发依旧柔软如生。

他藏于铁石之中，时日一满，便会升仙飞去。

他的棺材越近长安，便越轻。

老丈问我，你信世间，真有下凡的神仙？

"我后来好像又见过他……"老丈说。

家中派遣老丈从雍州到郑州去收租，回来时，走到洛京的同德寺，老丈就是这时看见他了。

他看见主人穿着一件白衫，撑着一把伞，坐在佛殿上。

老丈怕是自己老眼昏花，拼了命赶到跟前，主人却转身要离开。老丈无论怎样追，主人都只面对着佛寺的墙壁，不再让世人看清他的容貌。

他从佛殿走下去，出门去了。

老丈又赶紧跟上，一直跟到城东北角的荒园里。园子里有两间破屋，门上挂着帘子，主人就走到帘子后头去了。

老丈站在帘子外喊他。

这是老丈第一次追不上主人，也是第一次没听到主人的回答。

我希望这是真的，也许有些人，即便是死去，也并未真正离去，更从未消逝。

颜真卿，文忠公——这是仅次于"文正"的谥号，后世之人可能更多地沉醉于他的书法，对于他忠勇的一生却不甚了解。

我和老丈在山中同行，只见雾气如霰，如梦似幻，耳朵里一直听他讲文忠公的故事，听了整整一夜。我自从记叙《开天传信记》开始，就记了不少怪诞之事，更离奇的事情我也听过，听多了，就逐渐疑神疑鬼。

忽而山鸟惊起，我眺望东方，竟已现鱼肚白。

待我再回头一看，身边山风习习，哪里有什么老丈？

穷我一生，并不能得知，颜真卿后来是不是真的成了"神仙"。

在我短暂的一生里，我只见宋高宗为他的庙祠亲提"忠烈"二字，也将他尊奉为"神"。

逝去王朝的皇帝所封的神早已黯淡，世人更多奉之为神的是颜真卿的书法。

自从那个老丈不知所终，我大概已经成了这个世上最了解颜真卿的人。此后的游学探访中，我都会特别留意有他字迹的地方。

每每与文忠公的碑帖匾额相遇，我都会不自觉地在墨迹前久久驻足。

我最早遇见的，是他的《王琳墓志》。写这篇墓志铭的时候他三十三岁，开元二十九年（741年）——这一年颜真卿风华正茂。也是李唐最好的时候，这一年大唐气候变化，埋下了由盛转衰的种子，但此时每个人都沉醉在花萼相辉的繁华中，好像只需要保持优雅、华贵，就能从容度过万载千年。

彼时，颜真卿的书法还未成名，如同那个被和平富贵娇养了太久的皇朝一样，端丽平正、俊雅有致，还未磨出他的"筋骨"。

直至不惑之年，他所书的《多宝塔碑》略显锋芒，虽然它依然被归入早期作品之列。这幅字字体工整细致、结构规范严密，显露出一个在朝廷"当打之年"的士大夫被时政磋磨之后的严谨。于是，这一名篇被后世奉为初学楷书者最通行的范本。

但是我知道，这些书法作品，甚至连拓本最为丰富最为世人所喜的《麻姑仙坛记》都不能代表他。

至他老年，最能代表文忠公风骨的字才终于出现，那就是《大唐中兴颂》。

他的字至此达到炉火纯青的境界，笔力雄浑，真力弥满，字实撑格，方中见圆。

我站在祁阳浯溪崖壁之下，仰望这面碑文，"记平安史之乱，颂大唐中兴之事"，只觉金戈铁马之气来势汹汹，拳拳报国之志冲霄而起。

千秋万代之后，那一场浩劫只作茶余饭后的笑谈，人们也许对颜氏满门之忠烈知之甚少，只将颜真卿的书法视为风雅技艺，仰之弥高。可他的书法，是他的风华；而今人的笔通过摹写，会不断书写他的风骨。

当他们顺着他的铁画银钩描摹，慷慨激昂之中不自觉地血泪盈襟，如此自是能将这份强筋习得几分吧？

留取丹心照汗青

你怕死吗？死亡是一种什么体验？

历史问答角

提问：你怕死吗？死亡是一种什么体验？

关注问题　写回答　邀请回答　👍好问题1126　◀分享

@ 宋瑞
政治家 / 文学家 / 状元 / 大宋宰相

谢邀。

先自我介绍一下，我叫文天祥，是一位宋臣。或许大家熟知我都是因为我抗元的事迹，与那句"人生自古谁无死，留取丹心照汗青"。让我来回答这个关于死亡的问题，想必大家都期待着我说那句意料之中的——"我不怕死。"

不过……谁会不怕死呢？

面对死亡这样一种完全陌生的、再无回头路的，甚至会有些疼的体验，再豁达胆大的人也会生出一些恐惧之心，我也只是一个凡人。

但这世界上有比死亡更令我畏惧的事。比如"为子死孝""为臣死忠"，这样的观点放到现在这个社会，可能有些落后守旧，但请原谅，这是我作为一个儒生文人自幼学习的忠义思想。

它在齐国是宁死纪实的太史公的简，在晋国是良史董狐的笔，在秦朝是为国报仇的张良的椎，在汉朝是苏武坚贞不屈的符节。

它也是宁死不降的严将军的头，是以命守君的嵇绍的血，是拒不投降的张巡的齿，是大骂安禄山的颜杲卿的舌。

所以抛开怕不怕，若你问我用死亡来换取忠义值不值，我只能说，我甘之如饴。

至于死亡是什么体验，这个答案应该是千人千面的。有的人感受到的是痛苦的别离，有的人体验到的是畅快的解脱，至于我，这种感觉很温暖。

因为大宋先我一步亡了。在另一个世界里，我的死……

叫回家。

赞同 1351　　评论 173　　收藏 97　　喜欢 156

文天祥

文／明戈

留取丹心照汗青

须知少日拏云志

别的小孩童年时天天琢磨怎么玩，文云孙童年时天天琢磨老了要怎么死。

他是在庐陵县淳化乡富田村度过的童年。村里学宫内有个祭祀乡贤的祠堂，一到夏天，学生们都喜欢往那儿钻，只顾着里面阴凉避暑，好偷懒玩耍，可半人高的文云孙却只看着祠堂墙上挂着的先贤出神——

欧阳修，事业三朝之望，文章百世之师，因支持新政而被窜斥流离，谥号"文忠"；杨邦乂，临终留血书"宁作赵氏鬼，不为他邦臣"，拒不降完颜宗弼，最终被割舌开膛剜心，谥号"忠襄"；胡铨，以死上书斩杀秦桧，"不然，臣有赴东海而死尔，宁能处小朝廷求活邪！"，谥号"忠简"。

在别的孩童们的追逐打闹声中，先贤谥号里那三个硕大醒目的"忠"字，滚烫地烙在文云孙年幼的心上。

"没不俎豆其间，非夫也。"

于是在文云孙年少时，他对于死亡便有了答案——我要如他们一般死得其所，这才是大丈夫。

日子一天天过去，时间一晃来到了宝祐三年（1255年），这位成天寻思着临终遗事的小孩长大了。

白鹭洲书院的清风竹林里，一身纯白儒衫的文云孙正倚竹凝神翻阅书卷。有竹叶飘摇凋零，擦着他高挺的鼻梁落下，停在书卷上。文云孙睫毛轻眨，微微抬眼，随后伸出手屈指拂开竹叶，继续认真温习。

文云孙是书院里成绩最好的，当然，脸也是最好看的。

柳絮纷飞的泮月池前，势凌霄汉的魁星阁上，到处可见他执卷读书的身影，有不少妙龄少女在书院门翘首观望，只为瞧一眼那传闻中文采斐然、芝兰玉树的"白鹭第一"。

不过文云孙没工夫思考风月旖旎，他的全部视线都汇聚在临安——那场即将到来的科举考试上。

他知道自己必须要在这场考试里拔得头筹，才能有为国效力的机会。

这时南宋的形势有多不乐观呢？

三年前，忽必烈绕路吐蕃诸部，行进二千余里攻下大理。因此对于南宋而言，蒙古已然形成了一个"北、西、东"的半圆包围圈，南宋犹如笼中困兽，除非能拼死一搏，否则被分而食之不过是板上钉钉的未来。

宝祐四年（1256年），集英殿。

万众瞩目的殿试即将开始，殿内空气凝重得如深潭之水。突然，一声嗤笑打破了安静。

"皇上，您这次怎么不往妾身袖中放台州橘子，反倒放起了韦羌山的合菌？"

文云孙闻声抬首。

那象征着无上威严的龙椅上，是一位后宫妃子正坐在皇帝怀中嬉闹。

理宗则醉醺醺地眯着眼，口中安抚道："那橘子稀珍，秋天才有。这合菌'发釜鬲闻百里外'，气味馥郁，美人儿不喜欢？"

大殿下，考生们面对即将决定自己命运的答对论策惴惴不安，皆紧闭双目默诵古文。

大殿上，他们已经在位了三十二年的皇帝如今却疲于政事，旁若无人地声色犬马。

——这是怎样一出滑稽戏？

文云孙震惊无比，眸中盛满失望与惊愕。

堂堂一国之主已然如此，那么大宋的未来将通往何处？国有行将灭亡之虞，他们还写什么珠玉美文？

很快，考试开始了。众考生接过以宣纸裱成的策题，或冥神苦思，或在草稿上奋笔疾书，唯有文云孙两手置于膝上，眼帘垂下，面对矮案一动不动。

御前焚香的味道阵阵飘来，氤氲如历史的烟云。絮雾散开，文云孙此刻不再置身于金碧辉煌的南宋宫殿，而是在惊涛骇浪里的扁舟上。巨雷轰顶而下，船主如烂泥瘫倒，众副手各谋前路，整座王朝如鱼游釜底、燕处焚巢。

刺骨寒风吹乱文云孙束好的长发，他似乎想到了什么，于是毫不犹豫逆着暴雨缓缓起身。

考场上文云孙铺纸挽袖，提腕落墨，眉眼坚定无比。他甚至没有打草稿，修长的手指紧紧握着狼毫，径直在试卷上笔走龙蛇，眸底锐利如鹰隼——那是一篇以"法天不息"为题的议论策对。

圣人出，而为天地立心，为生民立命，为往圣继绝学，为万世开太平，亦不过以一不息之心充之……帝之所以帝，王之所以王，皆自其一念之不息者始。

大道不停息，天地也不停息，帝之所以成为帝，王之所以成为王，都是从他们心中一念不停息开始的。

文云孙笔下不停，额角汗珠滚落。而在虚空的扁舟里，他正顶着呼啸的狂风重新为这艘船撑起风帆，在船头奋力振鼓击缶。

"咚——"

"陛下！法天不息！"

"咚——"

"陛下！您不可再沉睡！"

文云孙的这篇《御试策》，以"不息"二字为君主勉，终以"公道""直道"为君主献，洋洋洒洒一万字，句句借古代道义照今日是非。

震耳的鼓鸣响彻云霄，如天神降下惊雷，那船上的皇帝终究睁开了眼。

"文云孙乃何人？走上前来。"殿试毕，理宗阅过答卷，眼底恢复了几分清明。

考场的最后一抹夕阳余晖投在文云孙的皎皎白衣，让他整个人泛出微光。他从人群中落落而出，俯首叩拜。

理宗和颜问："卿何故此名？"

"臣于母腹时，祖父曾梦见宅笼五色祥云，故予此名。"

理宗满眼欣赏："卿，佳也。才华出众又有异梦傍身，实乃我大宋祥瑞，朕便赐卿字宋瑞。今日殿试，卿当为状元！"

考官王应麟连忙跪拜应和："是卷古谊若龟鉴，忠肝如铁石，臣敢为得人贺！"

殿内众人见状，也纷纷叩首大声附和：

"臣敢为得人贺！"

紫垣金殿里，贺赞声响若惊雷，堪与天齐。殿外的临安城，千树万树梨花都在为这位意气风发的少年一人绽放。

忠鲠不挠奸人妒

文云孙本名云孙，字天祥，皇帝赐字后，他便将天祥改成了名，字宋瑞。

文天祥遥望大宋乌云密布的天，想象着自己日后将如何斩破阴霾，为万里山河带来祥和。彼时的他还不知道，皇帝给自己的"宋瑞"二字，将成为他整个后半生的图腾。

开庆元年，北方磨牙吮血的蒙古大军呼啸而来。蒙古大汗蒙哥的胞弟忽必烈于开平东北行祭旗礼完毕，兵分三路南下进攻，踏破了鄂州襄阳防线，那是大宋的命门。

靖康之耻在百姓心中犹如昨日，大宋不能再软弱下去了。

文天祥心中忧虑万分，可还不等他起草上书，宦官董宋臣已抢先一步建议皇帝迁都四明。

董宋臣何许人也？他是理宗的贴身内侍，善逢迎，深受理宗宠爱。董宋臣此言一出，朝中无人敢反对非议，除了正直的状元郎文天祥。

——好，既然你们都为了前途不敢说话，那就由我来说！

他愤怒至极地挥笔写下《己未上皇帝书》。

方今国势危疑，人心杌陧。陛下为中国主，则当守中国；为百姓父母，则当卫百姓……京师为血肉者，今已不可胜计矣。

不打反迁，是嫌大宋还不够一盘散沙吗？危难关头提这样的建议，又置临安百姓生命于何地？

"臣万请乞请斩处董宋臣，使民心一致！"

文天祥字字铿锵。

除此以外，他还提出了"简文法以立事""仿方镇以建守""就团结以抽兵""破资格以用人"这四项改革建言以积极抗敌，皆是应时之议。

这封万言书的落款名头是"敕赐进士"，因为他记得理宗赏识的目光。

皇帝会听的。

文天祥这样想着。

可惜并未如他所愿，这封上书如泥牛入海，湮没在朝堂的风起云涌中，再无声响。

这一刻文天祥才惊觉，自己叫不醒一个装睡的人，皇帝不会因为一时的振奋，就生出为一个病入膏肓的朝代刮骨疗毒的勇气。

既然如此……那自己在朝中还有什么作用？难不成要用十年寒窗的笔，为那些姑息求和的奸臣歌功颂德？

终于，文天祥用一封辞官信站着离开了，而南宋则在鄂州守臣贾似道的割地赔款中，跪着活下去了。

文天祥不是在逃避现实，他是在等待一个更好的时机入场。

只不过文天祥没料到的是，自己等到的却是一段流离播越的仕途。

因着董宋臣的失势，文天祥又回到朝廷官至刑部侍郎，董宋臣再次升为都知后，文天祥则再次上书弹劾，却仍无下文。

后来文天祥任职提点江南西路刑狱，他刚到任不久就铲除了盘踞赣州的盗寇，又升尚书左司郎官，最后却因权贵嫉恨再被罢职。

这一年是景定五年（1264年），纵情声色的宋理宗病重了，他下诏征全国名医进宫治病，可笑的是无人应征。几个月后理宗驾崩，随后上位了个更荒唐的皇帝——宋度宗。

这一年也是中统五年，蒙古的新任可汗忽必烈下诏将燕京改名为中都，作建都的准备，又手腕强硬地进行了一系列改革，大元帝国即将破土而出。

在临安漫天飘落的碎雪中，不可逆转的时代车轮碾过贾似道交错着权钱光影的笑，碾过宋度宗荒淫无度的酒。

于是南宋的生命，进入了倒计时。

咸淳九年（1273年），文天祥被起用为提点荆湖南路刑狱。对他有知遇之恩的江万里因出任荆湖南路安抚使，两人才得以碰面。此时这位前宰相已是七十六岁高龄，他紧紧握住文天祥的手，苍老的眼角浊泪如雨。

"吾老矣，观天时人事当有变，吾阅人多矣，世道之责，其在君乎？君其勉之。"

——我老了，请君挽救大宋！

文天祥望着江万里皱纹深刻的眉心，心如刀绞。

他岂不想扶国家于危难？

只是比没有能力更让人悲凉无助的，是没有资格。

臣心一片磁针石

咸淳十年（1274年），文天祥被任命为赣州知州。治理期间，他"谏诤有风烈，治郡持节，廉明有威"，以儒家伦理教化当地百姓，以诗书揉强暴，以衣冠化刀剑。很快，整个赣州海晏河清，政通人和，有大同社会之风。

尽管文天祥用浑身解数将赣州变为世外桃源般的存在，但只此一隅又有何用？他每每想到炮火纷飞的祖国边境，便会痛心疾首。

同年六月，蒙古铁骑中路军终于突破了长江防线，直逼临安。

此时南宋朝廷已经乱成了一团，因为他们的皇帝宋度宗沉于酒色突然驾崩，小皇帝赵显才刚刚九岁，什么都不懂。

朝廷重臣、地方官，见形势不对纷纷跑路，甚至有高官暗中指使御史台弹劾自己以便卸任。太皇太后谢道清仓皇中向全天下发布了一道《哀痛诏》，随后为保临安百姓，不得不写信给蒙军统帅伯颜请求臣服：南宋可自称"侄"甚至"侄孙"，再不济乞封一个小国也行。

南宋的这次下跪没有再换来偷生的机会，蒙军拒不议和。当然，这除了忽必烈的蓬勃欲望外，还是归功于鄂州之战时，贾似道为隐瞒自己的媾和行径，将蒙古国信使秘密拘留了十余年。

文天祥收到那封《哀痛诏》已经是一个月后的事了。

先帝倾崩，嗣君冲幼，吾至衰耋，勉御帘帷。曾日月之几何，凛渊冰之是惧！愤兹丑虏，闯我长江，乘隙抵峨，诱逆犯顺……尚赖文经武纬之臣，食君之禄，不避其难；忠肝义胆之士，敌王所忾，以献其功。有国而后有家，胥保而相胥告。体上天福华之意，起诸路勤王之师，勉策勋名，不吝爵赏。故兹诏谕，想宜知悉。

——南宋气数将尽，朝廷乞求各位忠肝义胆之士，起诸路勤王之师！

文天祥双手颤抖着合上诏书，浑身冰凉，泣不成声。

他等这声准许自己冲锋的号角已经等到身心交病，如今终于有了资格，可他的国却已名存实亡。

长夜难眠，当悲伤的潮水退去，文天祥胸中唯剩对元军的恨意。随着第一道曙光破晓而出，文天祥站在城墙上对着整个赣州悲愤呐喊：

"大敌当前，国难不已！望各路英雄好汉同仇敌忾，保家卫国！"

招兵买马的军费不够，他将自己的家产全部变卖以充公，忠勇义士不够，他把以前打服的盗寇兵匪也一同拉入伙。

于是就在全国无兵可用的绝境里，文天祥仅仅用了三天的时间，便组建起一支万人大军。

宋廷得知后立刻让他以江南西路提刑安抚使身份，尽快赴临安拱卫京师，朋友知道后都劝说他不要去。

"今大兵三道鼓行，破郊畿，薄内地，君以乌合万余赴之，是何异驱群羊而搏猛虎？"

其实朋友说得不错，靠这样临时拼凑出的"乌合之众"去抵挡蒙古的数十万精兵，无异于以卵击石，他必死无疑。

文天祥一身戎装铮铮站在城门口，双眸透彻明净得像天上的月亮。

"吾亦知其然也。第国家养育臣庶三百余年，一旦有急，征天下兵，无一人一骑入关者，吾深恨于此，故不自量力，而以身徇之，庶天下忠臣义士将有闻风而起者。义胜者谋立，人众者功济，如此则社稷犹可保也！"

文天祥自是知道自己几斤几两，当然，他也根本没打算活着回来。

——两百万平方公里的大宋，算他在内积极响应的唯有三人。

不够，要救国家远远不够。

所以他此举只有一个目的，那就是用自己的血染红旗帜，点燃全国忠臣义士们心头的火。

八月，文天祥率兵赶至临安，任平江府知府。可就在文天祥拼死鼓舞士气时，宋廷又给他泼了一盆冷水——擢升降将吕文焕的侄子为兵部尚书，追封哥哥吕文德为和义郡王。

文天祥知道吕文焕死守了襄阳六年，最后弹尽粮绝不得不降。可是在如此节骨眼朝廷这样做，就不得不怀疑是在释放某种信号了。

所以在文天祥奔赴平江前，他再次上书请求处斩吕师孟作为战事祭祀，再将天下设为四镇，设置都督作为统帅，约一日为期举全军之力共击元军，分而化之。

可惜这一建议仍未被采纳。

十月，文天祥抵达平江。此时元军已进入常州，文天祥派下属前去支援，结果不敌元军，陈宜中命文天祥即刻撤退，弃守平江。此后文天祥与另一个响应的将领张世杰建议迁都东南，兴许仍有机会背水一战，结果被怀求和之心的陈宜中再次否决。

在陈宜中的步步决策下，南宋失去了最后的回旋余地。

德祐二年（1276年）正月，南宋起草降书。元军主帅伯颜命宋朝丞相前来谈判，结果左右丞相一个跑一个退缩，文天祥临危受命，以右丞相身份前去谈判。

皋亭山的军营里，伯颜等着文天祥像朝廷一样跪地乞饶，没想到他脊背笔直，声音坚若磐石。

"如北朝欲毁我宗庙，灭我国家，则淮、浙、闽、广等地尚在宋属，成败还未可知。"

伯颜闻言刻意亮了亮腰间的利剑，讥讽问道。

"听说你叫'宋瑞'，身为祥瑞就不怕死吗？"

文天祥面上每一寸都刻着不屈。

"吾乃南朝状元宰相，但欠一死报国，刀锯鼎镬，非所惧也！"

盛怒下的伯颜拘捕了文天祥，十余日后，宋廷称臣，尊大元皇帝为仁明神武皇帝，奉上国印，元军入临安府。

大厦将倾，谁可扶之？

太皇太后认了，百姓认了，一个朝代认了，但文天祥不认。

他戴着镣铐捶地而呼："皇室仍有血脉存留，东南尚有大片国土未沦陷！岂能放弃？"

许是老天听到了他的愿望，一月后元军大部队行至镇江，某日看管松懈，文天祥终于趁乱逃了出去。

长江口，文天祥浑身泥泞血污，头发散乱。从童年起便一心想着为国而死的他，惊觉自己从未如此刻般渴望活下去过。

他目光炯炯地望着南方，手在长袖下紧握成拳。

几日随风北海游，回从扬子大江头。

臣心一片磁针石，不指南方不肯休。

人生自古谁无死

经历千难万险，文天祥来到了真州。

苗再成看到他后涕泪横流，两人彻夜不眠不休开始商议如何用两淮的士兵兴复宋朝，可此时扬州有逃兵传回消息，"密遣一丞相入真州说降矣"，两淮安抚制置使李庭芝认为丞相就是文天祥，直接下令斩杀。

这简直是一个忠臣最大的悲哀，拼死守护的国家，竟与外敌皆想要自己的性命。

苗再成验明文天祥真心后不忍杀他，派士兵护送至扬州。

四更时分，扬州城鼓响如丧钟。文天祥与其余人发觉情况不对，遂向东沿海路逃离，途中却又遭遇元军，只得躲入土墙才得以幸免。

长时间无米无水的逃亡，令这位清癯的丞相几乎晕倒，只能沿途乞讨残羹剩饭过活。当他们走到板桥时元军突然出现，众人慌忙四散进竹林藏匿，文天祥再次幸运逃脱，终于辗转到达温州。

成功拥立赵昰即位后，文天祥又马不停蹄再次主动赶往南剑州开府聚兵，在江西、福建、湖南等地高举抗元大旗。

明月盈亏轮转，他营帐中的烛火从未熄灭。在如此殚精竭虑下，他的脸颊更加瘦削，几乎只剩薄薄一层皮肉贴在骨上。

文天祥的辛劳没有白费。

"报！会昌已克！"

"报！兴国已克！"

南宋军队连连大捷，不过数月，赣州所属十县全部克复，吉州八县克复一半，潭州、建昌、武宁等地英豪纷纷响应，抗元之声如梵音四起，元政府惶惶不安。

文天祥的节节胜利燃起了忽必烈的怒火，他决意集中兵力对付文天祥。

于是在元军风卷残云的进攻下，文天祥与濒死的小朝廷像雷霆海啸中的孤舟，两相失散。

景炎三年（1278年）十一月，元军还是捉住了文天祥。在食"龙脑"自杀失败后，张弘范将他带到了厓山，文天祥终于见到了心心念念的行朝，而此时，张弘范要他招降大将张世杰。

面对他一次次的威逼利诱，文天祥冷笑一声。

"吾不能捍父母，乃教人叛父母，可乎？"

张弘范眯起双眼，瞧了瞧面前这个一身书卷气的男子，不屑地说道：

"可你的国已经要亡了。"

文天祥不再说话。

半响后他要来纸笔，挥毫泼墨，力透纸背，一如当年殿试时的模样。张弘范见自己招安成功正暗自欣喜，拿起纸来一看，上面哪有什么招降信，只有一首气贯长虹的诗。

辛苦遭逢起一经，干戈寥落四周星。

山河破碎风飘絮，身世浮沉雨打萍。

惶恐滩头说惶恐，零丁洋里叹零丁。

人生自古谁无死？留取丹心照汗青。

文天祥放下笔，在厓山昂首而立，如呼啸的劲风硝烟里屹立不倒的旗帜。纵然山河破碎，仍浑身上下处处写满"宋臣"二字。

张弘范读罢此诗，再看向文天祥青竹一般的脊背，摇摇头，竟是笑了。

"哈哈哈……好人，好诗。"

说罢，再不逼迫。

厓山海战，这是南宋最后的战役，大宋最终亡于海上。

兵败后，陆秀夫背着小皇帝投海，随行者亦以身殉国，相继跳海。

第二日清晨，朝阳灿烂的晨光照在元朝的国土，一切都崭新明亮。而此时的南海海面却是阴风怒号，浮尸十万。有军，有民，有年仅八岁，身穿小小龙袍的赵昺。

——那些是这个朝代永不入土为安的灵魂。

文天祥得知消息后跪地悲泣，痛不欲生。他的胸口剧烈起伏着，心脏仿佛从上至下完全开裂，夹着冰凌的寒风无止息地刮进来。

"我愧为大宋祥瑞！"他仰天绝望嘶吼。

张弘范走过来拍了拍他的肩。

"国亡，丞相忠孝尽矣，能改心以事宋者事皇上，将不失为宰相也。"

文天祥闭上眼，回答张弘范的唯有颊上两行清泪。

国破家亡，是谓大苦。

文天祥在被押送京师的路上试图绝食自杀，可惜失败了，求死不能的他被迫在元朝大牢中度过了屈辱悲戚的三年。除了元政府对他的精神折磨，如告诉他他的妻女正为奴，或是直接让宋恭帝赵㬎来劝降，文天祥内心的亡国之殇与犹生之耻，也在日日凌迟着他。

终于，至元十九年（1282年），忽必烈答应赐他一死。

行刑那天，文天祥神色轻松，如同将要回家一般。他问了刽子手哪边是南，得到答案后，他朝向南方跪地叩首。

"臣报国至此矣。"

正值隆冬，漫天的鹅毛大雪犹如挂了满城的白幡，寒光寂寂，为整座元大都穿上丧服。

观望的元朝百姓皆双手合十行礼，对这位大宋忠臣表示敬意。忽然，文天祥在千篇一律的合十中，看到有人将两手交于胸前。

——那是南宋的叉手礼。

文天祥双唇翕动，瞬时红了眼眶。

纷纷扬扬的大雪还在飘落，像极了他高中状元那年，临安开了满城的皎皎梨花。

他戴着锁链的双手颤抖着高高举向天空，最后奋力呼喊一声："大宋永存！"

……

梨花染血。

几十年后，元政府下的吉安郡学将文天祥像奉于先贤堂，和欧阳修、杨邦乂、胡铨等并列而立。

元代佚名所著《昭忠录》记述："文天祥芳名壮概，与宇宙同不朽。"

元人黄溍在修史时这样评价文天祥："宋之亡，不亡于皋亭之降，而亡于潮阳之执；不亡于厓山之崩，而亡于燕市之戮。"

文天祥的一生，是一个汉人为了自己的国家，与根本不可逆的历史洪流对抗的一生，也正是他这份"明知不可为而为之"的孤勇，为他赢得了敌人的尊重。

所以……

文天祥的"宋瑞"真的是什么"大宋的祥瑞"吗？

或许并不是。

瑞，玉也。

他用自己的杀身成仁，为南宋画上名曰风骨的句点。

——国士之死，有碎玉声。

繁霜尽是心头血，
洒向千峰秋叶丹

从没打过败仗是种什么体验？

历史问答角

提问：从没打过败仗是种什么体验？

关注问题　写回答　邀请回答　👍好问题2971　▶分享

最近看古装电视剧，那些大将军也太帅了，想知道骁勇一生的他们面对战争内心是怎么想的。

@ 戚家军总司令
军事家 / 书法家 / 诗人

人在蓟门，刚刚睡醒，谢邀。

虽说我这一生还未过完，但如今已快五十岁，想来可能也打不了几年仗了。就我目前的成果来说，可以说是未尝败绩。因此我想，我应该算是有资格来回答题主的问题。

冲锋陷阵那一刻确实是危险的，这我不得不承认，不过赢了以后舒服啊！

你想象这样一个画面：那些侵扰欺凌你朝百姓的倭寇平日里为非作歹、耀武扬威，又是武装走私，又是抢劫烧杀。终于，你硬碰硬地跟他们打了一架，结果你还打赢了。

于是在百姓震天的欢呼声中，你看着那些倭寇一个个跪地求饶，磕头说下次再也不敢了。而你低头看向他们，面色带着三分薄凉五分讥诮七分凶狠，拿枪尖儿慢悠悠划过他们脖子，笑着问他们："大爷我让你们走了吗？"

就问你爽不爽？

而且话说回来，其实两军交战的过程中你也感觉不到那些危险、害怕一类的情绪。

这时候你的应激激素会促进肾上腺素飙升，你的神经会异常兴奋，脑子也会转得飞快，因为战场瞬息万变，需要你在千钧一发间做出精准的判断，实在没有多余的工夫害怕，就算有那么三两秒的闲工夫，现在回忆起来，好像也都被我们用来骂倭寇了。

行，不说了，今日有一战，我得出发了。蒙古小王子与董狐狸最近嚣张得很，是时候给他们点颜色看看。

祝我此役大捷，也祝我余生的每一役大捷。

赞同 2773　　评论 243　　收藏 136　　喜欢 9476

繁霜尽是心头血，洒向千峰秋叶丹

戚继光

文／明戈

    我是一柄枪，有个相当气派的名字——神威烈水枪。我杆长九尺，其中枪头长一尺三寸，锋三寸，是精钢混金铸的，锐利无比。

    至于我是怎么来的这世间，我已记不清了，只恍惚记得锻造的过程挺疼的。锤炼我的那个工匠一边打，一边嘴里嘟囔着"宝剑锋从磨砺出"。

    我想，我又不是剑，我可是一柄九尺大枪。

    后来我辗转到了一个叫戚景通的人手里，听说他家世代都在登州任职，因为他的五世祖戚祥曾追随明太祖开国，结果在远征云南时阵亡了，朱元璋称帝后为追念他的功劳，便授予戚家世袭登州卫指挥佥事一职。

    不过戚景通没怎么带我上过战场，许是用着不太习惯，总之我被雪藏到了柜子里。

    但我一点都不失落，反而相当开心——虽然我是个兵器，但架不住胆子小。别急着笑话我，胆小不犯法吧？

某天我正在柜子里好好午睡，忽然被一阵嘹亮的哭声吵醒了。如果我没猜错，这一声是代表一直无后的老戚有娃娃了。

果不其然，三年后一个头发茂密、眼睛黑亮亮的小男孩好奇地打开了我的柜门。他似乎对我很感兴趣，拿白嫩嫩的小手摸了摸我，我寒光一闪故意吓唬他，他有些恐惧地把手回缩了几秒，随后出乎我意料地用力把枪杆攥住了。

啧，这娃娃胆子好像比我大。

后来又过了几年，老戚忽然把我从柜里拿了出来，摆到了那小孩房里，只听老戚语重心长地说。

"元敬，既然你想要此枪，为父便赠予你，只是，你是否明白这柄枪意味着什么？"

只见那小孩站得笔直，圆溜溜的大眼睛里写满了认真，嗓音稚嫩道："知道，孩儿当用此枪保家卫国！"

我差点没乐出声来。

我身高九尺余，他也就三尺来长，还保家卫国……给我当枪架还差不多。

可后来我慢慢发现事情和我想的不太一样，这父子俩好像是认真的。

戚景通对他要求相当严格，什么都教，上午还是四书五经之乎者也，下午就是十八般武艺。院子里便充满了剑光与读书声。

这孩子也不嫌累，学什么都相当认真。

我贴着屋里墙壁站着，眼瞧着他的个儿越来越高，模样也愈发有少年的俊朗。虽然他外貌变化很大，有个习惯却一直没变，那就是临睡前给我全身上下擦一遍灰。也得益于这个原因，我始终都是干干净净的。

这天他累得忘了熄蜡烛，脸上直接盖着本书睡着了。烛光摇曳闪动，我竟有点心疼他——这孩子真的太努力了，听他那个名儒老师梁玠说，他现在已"通文史经义"，至于他的武艺，刀枪剑戟、斧钺钩叉恨不得熟练度全练满。

不过唯一奇怪的是，他练枪时从来没用过我。

后来某一天，院里又传来了哭声，我望出去看见了白幡幢幢。

老戚没了。

这年小戚十七岁，他承袭了登州卫指挥佥事的世职，逐步负责管理登州卫所的屯田事务。小戚聪明,把那片儿清理整顿得很好。

我也很满意,因为我不用打打杀杀。

可惜小戚明显不安于眼前的工作,因为我瞧见了他目睹沿海百姓被倭寇烧杀抢掠时的愤怒神色,还有他愤而题在兵书空白处的诗:

小筑暂高枕,忧时旧有盟。

呼樽来揖客,挥麈坐谈兵。

云护牙签满,星含宝剑横。

封侯非我意,但愿海波平。[1]

我看后不住摇头,不愧是个十九岁的少年,能写出"封侯非我意"这样幼稚的话。

"不行,我得去边境历练历练!"小戚紧紧一握枪杆。

我头摇得更快了。

没过多久,小戚便带着登州卫兵家子弟雄赳赳气昂昂出发,前往蓟州戍边。蓟州是九座边防重镇之一,这些城镇卫所棋布,形成一条保卫明朝的防御线,而这里也常有蒙古军前来骚扰,大大小小的冲突战役是家常便饭。

小戚很昂扬,而我则心如死灰,毕竟我是真的不想上战场。

我们才到没多久,军队就遭遇了一小支鞑靼骑兵。

小戚用力握着我——这是他第一次真正遇敌打仗。我见他双眼冷毅如寒星,薄唇紧抿,面上仿佛笼了一层薄霜。若非我近距离看到他额角有细密的汗珠,感受到他微微发颤的指尖,还和其他人一样以为他天不怕地不怕。

害,原来大家都彼此彼此。

"杀!"

"啥?你不是害怕的吗!"

他惊涛般的喊声吓得我一激灵,在我声嘶力竭的"救命"中,他已经将我送了出去。我锋利的枪头与赤色红缨在空中快出残影,只听"锵"的一声,我与鞑靼兵砍下的刀刃相碰,那刃竟被生生破开一个豁口。而在强大的震力下,那鞑靼兵竟然手腕一麻,大刀

---

1. 出自戚继光《韬铃深处》。

直接掉落在地。小戚几乎没有犹豫，再次提起我反手刺了过去，在一道寒芒中，妖冶红莲浸湿了我的红缨。

后面的鞑靼军继续怒号着袭来，我在半晕半醒的恍惚中望着那个修长英俊的少年。他口中大喝着，像在给自己壮胆一样。虽手中不停，但我能感觉到他脚步有些踉跄。我又看向他的手，这还是继他三岁后我第一次认真观察。不知何时起，那双白嫩嫩的小手早已瘦削而修长，手背青筋凸起，手心全是茧子。

后来我便彻底晕了过去。

而等我再次醒来，他正用帕子轻柔地擦拭我身上的血污。他的手依旧有些发抖，只是声音极其温柔。

"不怕，你已经做得很好了。"

不知道他在说谁，反正我就当在夸我了。

从战场回来后，他又跑去参加了山东乡试的武举，没想到还让他真考中了。而等第二年他去到京师会试时，不巧庚戌之变爆发，蒙古土默特部首领俺答汗率十万大军进犯京师。

明廷比我还退缩得厉害，面对蒙军吓得一片混乱，不过自幼就"弄捭阖，多权奇"的小戚很扛事，他临危不乱，"条上便宜，部当其议"，上陈数条防御措施。

明廷见他有能耐，立刻任命他为守卫京师九门的总旗牌官。

战乱平息后，兵科给事中王德等人都对小戚大夸特夸，"青年而资性敏慧，壮志而骑射优长"，而后又上疏推荐小戚，小戚看起来也很高兴，只是夜深无人时，他会面色凝重地摸着我的枪杆，一双狭长眼眸尽是担忧。

"人人都夸我行，可我自知能力还不够强……"

"那咱就别打啦？"我用他听不见的声音说。

"既然能力不够，那就再练！"他狠狠一握拳。

于是一年后的同一时间，我们又去了蓟州戍边。

还是熟悉的敌人，还是熟悉的黄沙，我也还是熟练地在心里喊救命。

不过我发现小戚的手没那么抖了，枪法也比上次更棒了。面对机动性那么强的骑兵，他的战略部署也行之有效。

"不怕，你已经做得很好了。"他笑。

我们一连去了蓟州五年。

五年时间带给一个人的变化是相当大的，在返回前的最后一战里，身披银色铠甲的小戚英姿勃勃地骑在战马上，一双大手稳稳握住我。

敌军袭来，他的口中再没有喊杀声，只微微一挑剑眉，随后在漫天黄沙中提起我划破万里长空，其势折万物动天地。一招一式间，杀意凌厉，气场压迫得人想丢盔卸甲。

我气似长虹地在他手中浴血杀敌，这时，我才猝然惊觉一件事。

我喜悦至极，在心中大喊："小戚！我不怕啦，也不会晕血啦！杀敌原来是这样的爽快！"

我开始随着他的动作尽展锋芒，而他像感受到什么一般，薄唇轻勾，反手帅气耍了一个枪花，带起的呼啸声宛若龙吟，吓得鞑靼军落荒而逃。

"宝剑锋从磨砺出"，我望着小戚愈发坚毅的面庞，倏尔想起了这句话。

嘉靖三十二年（1553年）六月，小戚进官署都指挥佥事，受命管理登州、文登、即墨三营，以防御山东沿海倭寇。

我和小戚摩拳擦掌，但到各卫所后我们却傻了眼，就这破烂基础设施，这松散摸鱼又老弱病残的士兵，怎么打仗？

小戚重重一叹气："改！"

在他"振饬营伍，整刷卫所"与执法如山不徇私情下，队伍很快有组织有纪律了起来。不过这只能令山东海防成为一堵"海上长城"，离灭倭还差得远。

从这时开始，小戚意识到了组建一支属于自己的、训练有素的军队的重要性。

嘉靖三十四年（1555年）七月，小戚又被调往东南，次年升任为参将，负责防守钱塘江以东地区。

这一带的倭寇有多猖獗呢？简直可以用入明土如入无人之境来形容。而明军又有多弱呢？他们甚至闹出过数万兵马被倭寇"以矛走之"的笑话。总之是官兵瑟瑟发抖，百姓人人自危。

嘉靖三十六年（1557年）八月，倭寇八百余人突然进犯浙江龙山所。小戚闻下属来报，立刻调兵遣将迎敌，带我翻身上马。

眼瞧着远处倭寇兵分三路，每队千余人正大摇大摆向明军奔来，我举目一眺：这些人原来是浪人团，倭寇里最没用的那一帮。

"这小喽啰算个啥，冲！"我闪着银光迫不及待。

可此时我方明军数千万人，竟都哆哆嗦嗦地往后退。

我惊得红缨都快掉下来了，再一看小戚，他杀敌心切又恼又急，但当下又对这帮人一点办法也没有。眼瞧着倭寇如狼入羊群，正举刀狂砍，我几乎能听见小戚咚咚的心跳。

怎么办……我慌得大脑一片空白。

忽然，小戚眸色一沉，将我背至身后，身轻如燕跳上一块巨石，随后抄起左肩后的弓搭箭弦上，眨眼间那把十五力的雕弓已被拉了满弦。

小戚单眼瞄准，口中轻轻吐气，随着一声铮响，一队敌酋瞬间倒下。还不等倭寇惊呼，小戚又是一弓拉满，二队偏将立刻血溅当场。

敌军顿时大惊失色，开始仓皇逃窜，只见小戚再次引弓在人群中瞄准，随后又是一箭，三队领头应声倒地。

"撤退！撤退！"倭寇屁滚尿流地跑了。

小戚一身戎装站在高石上，破开云层的太阳给他镀了一层金光，宛如天上战神。

我激动得都快哭了："小戚！你简直是我偶像！"

有人见小戚各样武器都精通，便送了他一把朴刀，梁山好汉都爱用的那种，称不若用这个杀敌。

我估摸了一下，那把刀少说也有百二十斤。

小戚接过来，轻轻松松轮转如飞。不过他还是把刀放在了一旁，开口道："三箭不如一刀，三刀不如一枪。"

他亮了亮我，客气拱手："我还是用我这把枪吧。"

我朝那把刀吐了半天舌头。

嘉靖三十五年（1556年）冬天，小戚觉得不能再等了，必须赶紧组建新军，于是他立刻起草《任临观请创立兵营公移》，结果直到年后开工了上头也没回应。嘉靖三十六年

（1557年）二月，小戚再次递交了《练兵议》，却得到了"御倭事自有督抚主持，且从来未闻倭可杀者"的讥讽。

后来胡宗宪不情不愿地同意了，于是小戚以义乌山区矿工农民为基干，四处征选，终于打造了一支三千来人的"义乌批发抗倭特种部队"[1]。他这边加紧操练，那边汪直的余部开始作妖了。

在胡宗宪领导下，明军分几路强攻岑港，虽然我和小戚也在列，但岑港算是倭寇一个大据点，所以很难攻破。

成天练仙丹的明世宗哪懂什么军事，别人跟他一吹风说这帮将官没实力，他就要把我们全撤了。这边我和小戚正提着脑袋奋战，那边给事中罗嘉宾他们又开始弹劾小戚，说他是故意放走岑港的倭寇，有"通番"之嫌，打算连夜逮捕他审讯。

"狗官！狗官！"我气得跳脚。

"反正仕途折了，更甭提封侯，咱俩走吧！"我愤愤朝小戚喊着。

小戚就像听不见我说话一样，眼底鲜红一片，仍奋勇冲杀，浑身浴血。

也对，是我忘了，他本来就听不见我说话。

锦衣卫的马蹄声逐渐靠近，就在这紧要关头，伴随着一声炮响，岑港终于被攻破。

满身伤痕的小戚从军队中走出。他眸若深潭，将我朝地上用力一插，枪尖的寒芒几乎闪得那些朝廷来的人睁不开眼。

"听说我通敌？"他声音阴冷如腊月风。

"这……误会，误会。"

"别气了，咱仕途保住了不是？"我安慰他道。

我本以为小戚会休息个几天，没想到他一回到军营，就开始继续严加训练军队。

他加强军纪，要求战士们"冻死不拆屋，饿死不掳掠"，要有保家卫国的觉悟，也必须加强武艺。而后，他又用严密形式组织队伍：十二人为一队，设一队长；四队为一哨，设一哨长；四哨为一官，设一哨官统领；四官为一总，以把总率领。最后小戚自将中军，

---

1. 出自《明史》：继光至浙时，见卫所军不习战，而金华、义乌俗称剽悍，请招募三千人……"戚家军"名闻天下。

统率全营。

此外小戚根据倭寇善设伏特点，创造了新的战斗队形——鸳鸯阵。这种阵法能紧密结合矛与盾、长与短，阵形也变化灵活，专克倭寇。

他还本着"称干比戈，用众首务"的原则发明改良武器装备：鸟铳、快枪、石炮、"刺倭利器"狼筅……

当年他请求组建军队时曾言："诚得浙士三千，亲行训练。比及三年，足堪御敌，可省客兵岁费数倍矣。"

如今这支队伍经过他的集训，已经是"无不以一当百也"，而他们也有了一个响亮的名字——戚家军。

小戚不满足于此，又加班加点训练出了一支强大水师。每每随小戚巡查，我一想到这些威武雄壮的士兵将像尖刀一样插入倭寇胸膛，心中就止不住激动万分。

嘉靖四十年（1561年），士兵来报，大批倭寇驾船停泊于海口东塔，已从西凤岭登岸，现正在奉化、宁海之间大肆劫掠。

"走啊！收拾他们！"我吼了一嗓子。

小戚却是面色凝重，没有说话。

他走到地图前，长臂撑在案上，神色认真地在地图上查看。半晌后他的目光定住，伸出食指点了点台州。

"倭寇是在声东击西，吸引我军台州府城、松门、海门主力，以乘虚窜犯台州。"他的声音十分坚定。

随后，他火速下令让把总楼楠、指挥刘意守台州；百户胡守仁、张元勋守海门，居中位灵活策应；中军游击兵协守新河……至于他自己，则带着我与戚家军赶往宁海，进行水陆会剿。

倭寇得知我军主力动向以为计谋得逞，开始分三路进犯台州。而小戚则没有半分惊慌，依据倭寇分路进攻的特点下令一一应对。

此时此刻，整张浙江地图如一面虚空中的巨大棋盘，雪袖翻飞的小戚与倭寇对坐棋局两端，他正运筹帷幄地将步步棋子铮铮落下。

新河激战正酣时，小戚已成功歼灭宁海倭寇，转头火速增援台州。

之后，小戚在城外花街遭遇倭寇，神勇的戚家军战敌如砍瓜切菜。一路打到了台州城下，面对来势汹汹的倭寇，我们不仅成功救下五千多名被掳百姓，"鸳鸯阵"更是大展威力，打得倭寇屡屡败退，死伤数千。而剩余敌军则被我们追出了四十余里，全部淹死在江中。

五月初，倭寇再次企图从大田进犯，戚家军以寡击众，主动迎战。倭寇见打不过，又转而西行掠夺处州。小戚再次率先一步在他们的必经之路上设伏，待他们通过狭谷时，戚家军如死神从天而降……

随着最后一股倭寇被消灭，这场历时一个多月的台州之战终于结束了。此次战役我们九战九捷，共斩杀倭寇一千四百二十六人，被焚溺死的倭寇多达四千多人，而我军几乎零伤亡。

浑身泥泞的戚家军高举着手中的狼筅与戚氏军刀，向天振臂欢呼。我与小戚站在高高的船头，海风吹得我的红缨快意飘扬，而他身后的红披风猎猎作响。

朝廷看到小戚仿佛看到了救命稻草，江西、福建……哪里有贼便派小戚去哪里，连个休息时间都不给他。

我看着赶路时在战马上疲惫睡着的他，心疼得不得了。

"又不涨工资又不升职，你傻啊这么拼！"

尽管我如此叫嚷，小戚却从不向朝廷邀功，反而更加用尽全力投入每一场战斗。

直到他几番鏖战迎来平海卫大捷，救被掳百姓三千余人，斩首两千余级，闽广一带倭寇几乎被全部扫清，谭纶赞誉小戚"岂止当今之虎臣，实为振古之名将"，朝廷才升他都督佥事，后又升为援都督同知，世荫千户，取代俞大猷为福建总兵官[1]。

"升职啦！"我贺喜道。

不过小戚对此好像没什么感觉。在他班师途中，遇到沿海百姓们自发来到他马前——那些人有男有女，有老有少，他们满怀感恩捧茶果唱着："生我兮父母，长我兮疆土。生我不辰兮，疆土多故；奠我再生兮，维戚元辅。"

直到这时，小戚才放声笑了出来。有欣喜，有慰藉，而他那笑得弯弯的眼，是带着

---

1. 出自《明史》：继光先以横屿功进署都督佥事，及是进都督同知，世荫千户，遂代大猷为总兵官。

泪花的。

嘉靖四十四年（1565年），在打跑了与海盗互为犄角的粤倭后，为祸大明一百余年的倭患终于平息了，小戚终于做到了他诗中所说"但愿海波平"。

许是能力越大责任就越大吧。海上的外敌摆平后，朝廷又让小戚去北边镇守蓟州永平、山海关等处，小戚也将任务完成得相当漂亮。

那又蹦又跳常来挑衅的董狐狸，最后被小戚收拾得服服帖帖，率领宗族三百人前来请罪。

在镇十六年，边备修饬，蓟门宴然。继之者踵其成法，数十年得无事。[1]

要是让我来形容，毫不夸张地说，小戚就是大明治倭的神。

万历十年（1582年），张居正死了。我认识他，他对小戚有知遇之恩。

此后朝廷就像疯了一样，乱给小戚调岗。小戚怒不接受，心中想着"必以堂堂平野短刃相接，虏于是不支而后心服胆裂"——他不会永远活着，他得留在这儿彻底打服那些胡虏，才能保证国家后世安宁，可朝廷不允。

小戚离开当日，蓟镇百姓"诣阙请留，当国不允，遂罢市遮道拥泣，攀辕追送出境者不绝"。不多时，有一股蒙军突入黑峪口，情况万分危急。

你瞧，百姓留他，兵将留他，就连上天都在留他，独独朝廷不同意。

这时我才明白，这哪叫什么调岗，这叫清算。

孤立无援，被处处弹劾针对的小戚最终心灰意冷，向神宗提出辞官，而我因不能入殿，被放在了外面。

只见神宗连犹豫都没犹豫，脸上带着一种"终于"的欣慰，飞快同意了。我看着小戚落寞失望的背影，简直想上去刺那狗皇帝一枪。

我站在殿外咆哮如雷："皇帝老儿！你睁开眼好好瞧瞧！跪在你面前的是用命保了你江山社稷的战神！"

神宗眉梢眼角飞扬着，仿佛在对我笑着回答。

"可这海波……不都已经平了吗？"

---

1. 出自《明史·戚继光传》。

后来小戚回到了蓬莱旧居。

除我以外,他身上一件行李也没有,屋中也家徒四壁,因为过去赏给他的金银都被他用来犒赏士兵了。

四提将印,佩玉三十余年,野无成田,囊无宿镪,惟集书数千卷而已。[1]

小戚过得有多凄凉呢?

这位曾威震四海、军功赫赫的大将军,生了病连去买药的钱都没有。似乎只有立在床头的我,能证明他本应是个配得子孙绕膝、安享晚年的英雄。

天道不公。

除了这句,我几乎想不出别的形容。

可他不叫苦也不骂朝廷,只是日日眺望大海的方向,神色中有担忧。

万历十五年(1587年)十二月的一天,小戚最后看了看东南方,随后再也没有睁开眼睛。

他两鬓斑白,垂垂老矣,可在我眼中,他永远都是那个眉目清朗、披风猎猎作响的小戚。

"你已经做得很好了。"我轻声道。

后来我在战乱与颠沛中被当成破烂丢进了海里,我气得牙痒。

"喂!我可是戚将军的神威烈水枪!"

不知过了多少年,我的枪杆腐烂,只剩枪头顽存,被一艘巨轮上的渔网偶然捞了上来。

"什么破玩意。"

他们嘀咕了一声,又把我高高抛回了海里。

在飞翔的瞬间,我看到那熟悉的大地上没有战火,没有残垣断瓦,但有高耸入云的房子,周围绿树成荫。海面上,有画着红底黄星旗帜的舰队来回巡视,不知这是哪朝哪代。

"嚯!小戚,这些大船真漂亮!"

在将要掉回海里的瞬间,在烈烈艳阳中,我忽然想起小戚那句写于十九岁的"封侯非我意"。

---

1. 出自《戚少保年谱耆编》。

那时我笑他幼稚，不知升官发财的好，后来我又怜他命苦，被政治斗争害得潦倒而亡。可这时我才倏尔发觉……好像幼稚的不是小戚，而是我。

他自小读了那么多书，又"善弄捭阖"。这样的他怎会不知道官场的黑暗与权力场的污浊？就是因为他什么都明白，也什么都想到了，所以才会对官职的升降不悲不喜。因为打一开始，他眼中唯一看见的就是家国和百姓，而他唯一恨的，只有外敌，至于其他的一切，他都不在乎。

我看向那繁盛的大地，脑海中仿佛有惊雷炸响。

从大明到今天，不知道有多少和他一个想法的人……

他们不在乎功名利禄，甚至不求史书记得，唯怀着一腔热血，一往无前，用血肉身躯镇守国门。纵然百年归土、身死名裂，"虽千万人，吾往矣"。

英雄们的鲜红铠甲，堆叠成了埋葬侵略者的山。

英雄们的荆天棘地，终将换来后世的星河长明。

我一边想着，一边在温柔水波中向深海沉去。

像埋于历史，却灵魂不灭的他们。

"小戚，今天阳光真暖啊。"

今余既来索
则地当归我

应该如何克服面对强大敌人的恐惧心理？

历史问答角

提问：应该如何克服面对强大敌人的恐惧心理？

关注问题　写回答　邀请回答　👍好问题1126　◀ 分享

对手太强了，一见就腿软，不知道要怎么克服。

@国姓爷郑成功
军事家 / 抗清名将 / 民族英雄 / 延平王

恭喜你，问对人了。

我有一个小妙招，那就是以怒止怖，以欲止怖。

原理很简单，就拿我们从军者来说吧，大家都知道我们打赢了会有庆功酒，可极少人知道我们出发前会摔碗酒。

为何要饮这碗酒呢？这除了是在激励我们"宁为玉碎，不为瓦全"以外，更重要的是要激发出我们心中对敌人的愤怒和要赢的欲望。

这两种情绪一上来，甭管对面多强，就算是三头六臂，也能毫不腿软。

我现在都记得出兵打荷兰人的前夕，我们一人一碗女儿红。我问众弟兄们怕不怕，无人说怕。

可当我问到他们，荷兰强盗遣军以贸易为名侵占台湾久留不去，后又以此为据点侵犯我国各岛，大家怒不怒的时候，众兵将皆咬牙切齿，纷纷振臂怒喊，大喝狗贼当诛。

所以就算大清铁蹄再硬，荷兰这个海上马车夫再霸道，既然他们侵扰我大明，那就别怪我们不客气了。

我和题主唯一不同的是，题主的敌人可能不涉及国恨家仇，所以怒气值没有我高。但换个角度想，题主也不需要上阵杀敌，所以怒气值少点就少点吧，毕竟气大也伤身。

赞同 84353　　评论 433　　收藏 243　　喜欢 2122

郑成功

今余既来索，则地当归我

文／明戈

"日本不是我家"

郑成功出生时叫福松，是个日本名。

为什么会叫这个名呢？因为他爹郑芝龙是一个海上贸易商人，在日本娶了第二任妻子田川氏。

当然，用海上贸易商人来形容郑芝龙是个比较文雅的说法，说得直白点，他就是海上走私集团头目，再直白点，他就是东南沿海第一大海盗。

福松从出生起就没怎么见过父亲，每次郑芝龙只是扔下生活费和一些从中国带来的书册物件，就匆匆离开了。后来福松从母亲口中得知父亲打仗特别厉害，在船上神气极了，尤其是打荷兰船，于是福松想当然地认为父亲是大明的将军，对他极其崇拜。

福松也很向往回到中国生活，因为他在书上读过明太祖朱元璋"驱除鞑虏、恢复中华"的威风身影，读过明成祖朱棣开创的永乐盛世。

他想亲眼看看《南都繁会景物图卷》中描绘的,那个车马络绎不绝、烟火长燃的王朝。

在他六岁这年,郑芝龙竟真的来接他回了大明。

因为好巧不巧,这个海盗王两年前被朝廷招安,诏授海防游击,任"五虎游击将军",现已官至总兵。

福松扬着小脸骄傲道:"我爹原来真是将军!"

回到中国后,福松一心想成为父亲一样的大英雄,于是日日焚膏继晷地读书,对着明月练武。

在那些泛着墨香的汉学儒家经典中,福松慢慢知道了什么是家国,什么是忠义。

崇祯十一年(1638年),福松顺利考中秀才,又经过考试成功成为"廪膳生",即由公家给以膳食的生员。

崇祯十七年(1644年),他再次前往南京求学,进入国子监深造。江浙名儒钱谦益看着他的日本名字想了想,提笔在纸上写下一个"森"字。

"单松不成林,不若起名为'森',丛众茂盛,深沉整肃。"钱谦益捻了捻胡子,"至于号,就叫'大木'吧,为师望你成材。"

就这样,福松变成了郑森。

郑森正在飞速成长,可大明却没有留给他多少时间。

在这一年的正月,在那场纷飞了半个中国的鹅毛大雪中,李自成称王,建国号"大顺"。

刺骨的冬风无休止地从北方刮来,除了李自成这个内忧,更令人恐惧的是大明边境的清军。

"这是我大明的国"

三个月后,国丧的钟声还是敲响了。

李自成攻破北京,崇祯帝自缢殉国,吴三桂引清军入关,清军占了北京城。

家何处,乱山无数,不记来时路。

现在这片飘摇动荡的土地究竟是谁的,又叫什么,饶是那些大学士也说不清。

"这国是我汉人的!叫大明!"二十岁的郑森拍案而起,怒斥出声。

后来那些宁死不屈的明朝遗民,火速于南京拥立福王朱由崧登基,以"弘光"的名号将大明延续了下去。

可不等大家松一口气，清豫亲王多铎就率军南下，攻占了南京。弘光帝被俘后惨遭杀害，仅持续了几个月的弘光政权灭亡。

清军此举是在告诉他们，别痴心妄想了，这国，现在叫大清。

"爹，您何时出兵打那些清兵？"郑森将希望的目光投向父亲。

郑芝龙只是淡淡开口："还不到时候。"

这边，大清开始在江南采取极其残酷的高压政策，"留头不留发，留发不留头"。

扬州十日，嘉定三屠，郑森望着尸山血海一般的城郭，听着响彻江阴的"十万人同心死义，留大明三百里江山"，悲愤得目眦欲裂，他声音颤抖地问父亲："爹，您是南安伯，福建总镇，还不反击吗？"

郑芝龙依旧摇摇头。

公元一六四五年七月，郑芝龙与郑鸿逵在福州拥戴朱元璋的九世孙，唐王朱聿键称帝，年号"隆武"。郑森不知道郑芝龙因何按兵不动，他只知自己再也无法等待下去，于是他手握长刀，重重跪在郑芝龙面前，语气坚若磐石。

"请您带儿臣去见隆武帝，准许儿臣带兵打仗！"

郑芝龙犹豫几日后，还是带他去了行宫。隆武帝有感于郑森的忠肝义胆，不仅称"惜无一女配卿，卿当忠吾家，勿相忘也"，还大手一挥，洪声宣旨：

"有卿为朕领兵，大业必成。朕今日便赐你国姓——朱姓，赐名成功。"

于是从那天开始，郑森变成了朱成功。当然，取家姓还是姓郑，所以大部分人还是称其为郑成功，老百姓则尊称为国姓爷。

启明星微亮，随着朝霞染上金红，清军如蝗虫涌向闽赣大地。首次带兵的郑成功一身铮亮铠甲，跨上银鞍白马，背悬长刀。

"上阵父子兵，爹，我同您一起保卫大明。"他激动地望着父亲。

冲锋的号角响起，大敌当前，郑芝龙留一句"保闽之事，交给你了"，便调转马头缓缓离开。

可惜心情激动的郑成功没听出父亲的弦外之音。

"我不会让您失望的。"郑成功心中默念,随即单手向后抽出长刀,猛一抖缰绳,率军疾驰向前。

清骑军的马蹄声发出轰隆巨响,整个大地都在微微颤抖,而郑成功毫无惧意,眸子射出锐利的精光。

"杀！"

霎时间城外烟尘滚滚,火光四起,刀剑相接声不绝于耳。只见郑成功劲风似的驰骋其间,一把长刀专斩敌军马脚。

马倒人落后,他再手腕轻提,将力量汇聚刀尖向清兵胸口反手一劈,银光一闪如死神挥镰。

这边郑成功在战场上殊死抗敌,那边令人意想不到的是,郑芝龙在清军南下时主动退兵,导致其顺利攻入闽北。

郑成功知道后几乎不敢相信。父亲是大将军,更是南明依仗的主力,怎么会出现此般战略失误？直到后来,在他们的同乡清朝大学士洪承畴前来拜访后,郑成功终于知道了答案。

"父亲,他到底是来叙旧,还是策反？您当真为了那三省王爵投了清贼？"

郑成功愣在原地,一向稳健的身姿有些发抖。

"成功,没有永远的王朝,只有当下的利益。"郑芝龙面如平湖,仿佛是这乱局中最拎得清的人,"我不过是个商人,南明覆灭是早晚的事,又何苦死撑？"

郑成功听着父亲荒唐透顶的话,过往种种如流矢划过,他一瞬间什么都懂了。

郑成功失望到几欲发笑——原来自己从小仰望的父亲、视为精神支柱的父亲,破开英雄的皮囊,里面唯利是图,人鬼不分。

"您可曾记得,当年您返日本时带去过一卷书,是《屈原诗集》,儿臣那时在里面认识一个词,叫忠君爱国。"

郑成功最后深深看了郑芝龙一眼。

"万一吾父不幸,天也,命也,儿只有缟素复仇,以结忠孝两全之局耳。"

说罢,他带上其余不愿投降的士兵,头也不回地离开了。

郑成功出走金门后,率领旧部继续顽强抗清。可他毕竟只是个初出茅庐的新人,领军作战的经验实在是太少了。

而身为一个将领，谋略远比个人武艺重要得多。因此对上这些老将都要忯三分的清军，郑成功几乎没打赢过一次。

永历元年（1647年）七月郑军攻打海澄，败。

八月合围泉州府城，败。

永历二年（1648年）七月守同安，败。

……

在一次次失败后，南明百姓开始议论他不如父亲郑芝龙，大清兵将讥讽他的军队是纸糊军队，就连他的部下都在怀疑他的能力。

不过面对这些毒刺般的流言蜚语，郑成功并没有卸任离开，他白日里继续在练武场上意气风发地领军操练，夜间营帐的烛火也彻夜长明。

其他军将都入睡了，唯有郑成功在不断反省战略部署，总结经验。

夜凉如水，月光透过密林冷冷泼在地上，碎成几千片。

他想起他的母亲面对清兵侵扰，被迫自缢在家中的情形。

自己那叛国的父亲没有等来加官晋爵，而是被无休止地软禁起来，唯一的价值便是时不时写信招降自己。

清军正在不断蚕食南明剩余的土地，自己的能力却远远不够赶走他们……

郑成功看着自己寒光闪闪的斩马刀，他这刀"长七尺，刃长三尺，柄长四尺，下用铁钻"，和关羽的青龙偃月刀极为相似。

他沐一身森冷月光，口中喃喃出声。

"关二爷，您当年是如何赤兔追风，横刀立马的？"

被一声鸟翅振动声惊醒，郑成功思绪回笼。他重新铺了张纸，继续伏案复盘前一日的作战。

胜利虽然艰难，但比胜利更难的是屡败屡战的执着和勇气。

而在他的不懈坚持下，起势不利的郑军不仅没被清军消灭，反而在南方的根系越扎越深。

为抵御清军骑兵，郑成功亲手组建了"铁人军"。因士须身覆重甲头戴铁面，更配有斩马刀，负重达五十斤，于是他"设一大石重三百斤于演武亭前，将选中者，藩亲阅，令其提石绕行三遍"，唯有通过者才能入选。

郑成功一步步摸索出了对付清军的门路，磁灶战役、钱山战役、小盈岭战役……郑军节节胜利，投奔他的人越来越多，郑军的声势愈发高涨，逐渐成为东亚海上的最强力量，共有水师二十镇，陆师七十二镇。

顺治帝为了打消这股势力，曾拿出对付郑芝龙的办法，敕封郑成功为"海澄公"，郑成功不受；顺治帝再承诺给予一府之地安置兵将，郑成功仍不受。他看着那帮鼠尾巴嗤笑出声。

我堂堂国姓爷，岂会做你清朝的官？

永历十三年（1659年），郑成功取得瓜州大捷后，又马不停蹄立即挥军进攻镇江。

当时清军提督本想趁郑军刚到此处尚未休整完毕，打他们一个措手不及，但郑成功早猜想到清军的计划。

"管效忠定会派骑兵先发起攻势，不若将计就计。"

此时，郑成功已不再是当年羽翼未丰的幼鸟，他站在军前运筹帷幄，周身带着股不可置疑的威严。

"左虎卫总兵陈魁听令！率铁人军正面迎战清军，切记多撑些时间。"

陈魁不解。而郑成功发号施令完毕，凌厉的眼角余光若有似无地扫过天边。

几个时辰后，管效忠果然以骑兵千人于山上冲击郑军，可铁人军如铜墙铁壁，一时竟突破不了。很快，清军转变进攻思路，改用鸟枪远程攻击。在清军的炮火下，郑军渐渐支撑不住，节节后退。南岸七里港，郑成功薄唇紧抿，眼神愈发深沉，死死盯着水天交接处。

忽然，一阵风起，黑云飞速压城而来，暴雨瞬时倾泻如注，山路皆成泥沼。

由于马蹄受力面积小，于是清军骑兵优势转劣，纷纷陷入泥潭动弹不得。郑军见状，立刻冒着枪林弹雨发起反攻，点燃火炮，炸死清军千余人。

"咱将军真料事如神！"士兵们欢呼赞叹。

管效忠连忙紧急撤退，率败军撤回银山安营扎寨，可郑成功没给他们喘息的机会。

"铁人军，随我夜袭银山。"

面对来势汹汹的郑军，一向勇猛的清军竟胆小如鼠，只以弓箭阻拦，不敢出营迎战。一片箭雨中，郑成功抡着七尺长刀，如杀神开路。

"冲！"他眸中闪动着热焰，嘶吼高喝。

郑军喊杀声一片，不要命般冲锋向前，在映亮夜空的刀光剑影里，几乎顷刻间铲平了安营银山的清军。

紧接着，郑军乘胜追击，向清军残余部队全面进攻。一时间天边被齐发的火炮火箭映得通红一片，如血染朝霞。

经此一役，清廷满八旗协领胡伸布禄、佐领巴萨礼战死，清军死伤万余。郑成功更是打破了大清骑射无敌的神话，用事实证明，明朝步兵打得过鞑虏骑兵。

缟素临江誓灭胡，雄师十万气吞吴。

试看天堑投鞭渡，不信中原不姓朱！[1]

战后，郑成功更是一度率军攻至南京脚下，顺治帝气得要御驾亲征，清廷则慌乱不已。

而一年后的厦门海一役，郑成功再次亲率巨舰冲杀清朝海军，郑军越战越勇，以三万兵力将大清二十万水陆大军打得步步败退。厦门海大捷沉重地打击了清廷海上力量。

此时的郑成功意识到，若要扩大战略缓冲地带，势必要收复被荷兰侵占已久的台湾。

他站在海边遥望台湾海峡的彼岸，潮水的喧嚣与他体内沸腾的热血一起涌动，激起眼底千层巨浪。

"荷兰，这是我中国的地盘"

十七世纪的海洋是荷兰人的海洋，他们依靠武器强大的舰队，成了当之无愧的海上霸主。

荷兰的东印度公司在侵占台湾后，将这里当成了自己在东方殖民和贸易垄断的基地，而他们也变成了压榨百姓的地头蛇。

那时台湾的土地，不论是否开垦，全部得归东印度公司所有，且要交高额的赋税。

"自红夷至台，就中土遗民，令之耕田输租，及受十亩之地，名为一甲，分别上、中、

---

1. 出自郑成功《出师讨满夷自瓜州至金陵》。

下则征粟。"

于是，农田变成了王田，农民变成了农奴。

不仅如此，他们还向台湾输入鸦片，随意砍杀当地居民，并肆意抓捕壮年男子当作奴隶贩卖……

在荷兰横征暴敛、残酷剥削的三十八年里，台湾民众怨声载道。

当初明廷不是没派过海军前来收复，可都败在了荷兰的红夷大炮下，拼合中华版图的计划也随之化为了泡影。

"我们能行吗？"属下迟疑发问。

海风吹得郑成功墨发飘扬，他双手按剑，站在岸边巨大的覆鼎岩上，目光深邃坚定，一袭金光铠甲如王者临城。

三日后，一封《与荷兰守将书》跨过海峡。

然台湾者，中国之土地也，久为贵国所踞。今余既来索，则地当归我，珍瑶不急之物，悉听而归。若执事不听，可树红旗请战，余亦立马以观。毋游移而不决也。生死之权，在余掌中，见机而作，不俟终日。唯执事图之。

郑成功不是在和荷兰人商量，而是站在中国人的立场上，站在主人的角度通知——你们并非台湾的所有者，只是寄居者。若不尽快离开，我们必用武力驱逐。

荷兰守将摸着他们的撼天大炮，轻蔑地撕了那封信，而后扬起旗帜猖獗邀战。

"我们是世界最强国，你一个苟延残喘的南明人想抵抗，简直是找死！"

永历十五年（1661年）阴历二月，金门。

春寒料峭，萧瑟的冷风卷得军旗几乎凝住，海水冰得像流动的玻璃，郑成功率众将士举行庄重的"祭天""礼地"与"祭江"仪式。

"我延平王，一请苍天，为我明军遣日月星辰开道；二请厚土，辟遍野拦路荆棘；三请江神，护我明军涉彼狂澜，若履通衢。"

郑成功在心中求告。

他向来不信牛鬼蛇神，可如今为了这场决定能否收复台湾的仗，他甘愿求遍漫天神佛。

二十三日,他率两万五千战士、战船三百艘,在料罗湾候风进发。

顺利到达澎湖群岛后,郑成功打算继续向台湾挺进,可此时漆黑的海面忽然刮起狂风。

那暴风掀起滔天巨浪,将澎湖与鹿耳门港之间的短短五十二海里变成了不可逾越的鸿沟。不少将领劝阻郑成功不要贸然行事,可他却当机立断,决定马上启碇开船,强渡台湾。

"冰坚可渡,天意有在……不然,官兵岂堪坐困斯岛受饿也。"

狂风暴雨中的船只飘摇如浮萍,身形高大的郑成功握紧围栏,洪声指挥。

"前方有礁石,左舵拉满!"

浊浪掀天,郑成功宛若定海神针,带领着三百战舰破浪前行。

经过一夜奋战,随着东方露出第一抹鱼肚白,大军于拂晓成功到达鹿耳门港外。

此时,郑军想从外海进入台江有两条路,一条是北线尾与一鲲之间的南航道,一条是北线尾与鹿耳门屿之间的北航道。

南航道口宽水深,更容易让大型船只驶入;北航道水浅道窄,只能通过小舟。显然,这三百艘战船只能走前者。

反观这边,荷兰侵略军听说郑成功已经到达港口,立刻将主力集中在台湾与赤嵌两座城堡,不仅在港口沉破船阻拦,还设有重火力拦截。

四月初一中午,郑成功领军扬帆起航。南航道陆上,一枚枚重炮正占据高位瞰制,荷军兴奋地舔着獠牙,迫不及待要将中国战船轰得粉碎。

荷军遥见郑成功船队行迹,立刻瞄准其开炮。爆炸声震耳欲聋,沉船遗骸被炸得残片横飞,四处散落的火焰焮天铄地。

在遮天蔽日的浓烟烈焰中,甲板上的郑成功面不改色,因为郑军远在荷军炮火射程外——他们在北航道上。

高炮旁的荷兰军大惊:"什么?怎么可能?!"

昨日深夜,风暴肆虐海上。

何斌等将士在怒风中劝阻郑成功:"国姓爷!咱们先返程吧,等天气转晴再渡海也不迟!"

104

郑成功抹了一把脸上的雨水，眉宇盛满决绝，坚定说道："不可！我们入台江要走北航道，每月初一、十六两日大潮，那里水位会比平时高出五六尺，届时大小船只均可驶入，我们等不得！"

台湾城上的荷兰兵面对浩浩荡荡驶来的郑军船队，"骇为兵自天降"，皆瞠目结舌。

随后，郑军又按照郑成功提前测度规划的路线火速登陆，并飞快在台江沿岸建立阵地，切断荷军在台湾城与赤崁城的联系。

经过暴雨的洗礼蓝天碧空如洗，艳阳万里，大明的国旗在台江上高高飘扬，南北路土社的高山族民众见郑成功军队登陆，都争先恐后出来迎接。

"你们终于来了！"高山族民众纷纷上前拥抱住战士们，热泪盈眶。

荷军贝德尔上尉远远望着这幅团圆景象，发出嗤笑声。

"我了解明军，绣花枕头罢了，只要杀几个，其余的就会吓得一哄而散。

"他们二十五个合在一起，还比不上一个荷兰兵。"

可这次他想错了，他遇到的是郑军，个个都是唯死不降的勇者。

当荷军叫嚣着向郑军驻扎地涌来，以重炮压制，又火烧马厩粟仓，企图速战速决时，郑军军士们如同死士，冲上去几乎要用牙齿撕咬开荷军的喉管。

空气中弥漫着淡淡的女儿红香气，郑军军士们挥舞着斩马刀，一浪接一浪地高呼："犯我中华者当诛！"

不日，中荷再次发生海战。荷兰军作为海上绝对的霸主，是向来不怕与任何一支军队在海上兵戎相见的。他们的战舰"赫克托"号船体极大，设备先进，其炮声若惊雷，能毁天灭地。

在巨大的武器差距下，很快有几艘郑军战船被击沉。火舌燎动间，整片海洋似乎都被重锤锤到晃动。

突然，一枚炮弹在郑成功附近炸开。

巨大的冲击波令他在甲板上滚了个跟头，再睁眼时眼前模糊一片，仿佛隔着一层水雾，而他的耳边除了尖锐的嗡鸣外，依稀能听见受伤部下的惨叫声。

"不行……这样下去必败……"

郑成功大脑眩晕不止,他靠着意志力爬到船头想要指挥大军,但疼痛令他无法起身。他拼命甩了甩头,却依旧看不清任何东西。

……谁会来救他们?

郑成功几乎绝望。

一片惝恍中,郑成功眼前的漫天流火与滚滚黑烟似乎虚化成了一块硕大幕布,无数背影交织成明晦画面,飞速闪过。

有人身着将军甲,那是他曾敬仰依赖的父亲吗?

有人横刀跃马,那是他视为山巅的关二爷吗?

有人慈眉菩萨眼,那是他出行前求告的神佛吗?

浮尘散去,灰烬成海。

郑成功吃力地抬眼望去,那逆着火光走来的身影逐渐明朗——原来是从未放弃过的自己。

终于,他双手拄着剑缓缓站起身来,在腾腾烈焰里再次泰山般站在船头。

"改变进攻方式!用包围战术!"

郑成功如浑身浴血的神祇,奋力指挥全军。

在他的号令下,六十艘帆船依据体小灵活的特性围攻荷兰军舰队,将领陈广、陈冲与其余战士英勇战斗,"赫克托"号终于被击沉。

面对企图逃跑的"格拉弗兰"号和"白鹭"号,郑军又以数艘帆船包围,将士们用肉身为盾,冒着火炮火枪爬上敌船放火焚烧。

海战后,荷兰巨舰一沉三逃,荷兰海陆作战全面告败,赤崁城和台湾城彻底成为两座孤城。

郑成功登陆的第四天,赤崁城的荷军便扯起白旗投降,而台湾城经过九个月的围困,弹尽粮绝,疾疫流行,荷兰驻台湾总督揆一见大势已去,无奈请求与南明谈判。

谈判席上,郑成功一身藏青盘领右衽袍,乌发一丝不乱束在头顶,虽然没穿铠甲,但浑身上下那股从修罗场走出的凛然气势,依旧令人脊背发凉。

"愿罢兵约降,请乞归国。"

荷兰军畏缩于一侧,无条件投降。

顺治十八年（1661年）十二月十八日，不，是南明永历十五年十二月十八日。

荷兰侵略者对台湾的殖民统治宣告结束，至此，被霸占了三十八年的台湾重新回归到中国的怀抱。

"荷兰小贼都被打跑了，赶走清军也定能指日可待。"

郑成功拿出那面一直贴身携带的大明旗，指尖无比轻柔拂过，眼神中满是希望。

可惜他没来得及像当年的明太祖一样"驱逐鞑虏，恢复中华"，他亡在病榻那天，才不过三十九岁。

这位年轻的英雄，最终如流星一般划过中华民族的夜空。

后来历史长河风云变幻，台湾又一次沦陷敌手，被归进大清版图。后来清政府晚期日益腐败，又被迫将台湾割让给日本。

所以这颗星子存在的意义是什么？

当铁蹄踏破长城的砖瓦，郑成功明白，侵略者永不会停下贪婪的步伐，因此他用他奋斗一生的"矢志恢复"响亮呐喊。

"我们可以打败仗，但只要还活着一天，便一定同他们反抗到底！"

当巨轮将世界连在一起，郑成功知道，被奴役是弱者必然的结局，因此他咆哮昭告。

"我们可以被欺辱一时，但绝不会被欺辱一世！"

缟素临江誓灭胡，雄师十万气吞吴。

——如他殊死对抗鞑虏一样，两百余年后，通过辛亥革命，我们把清政府推翻了。

然台湾者，中国之土地也，久为贵国所踞，今余既来索，则地当归我。

——如他收复台湾一样，那些从鸦片战争起，被清政府割给侵略者的土地，随着新中国的壮大，被我们一块一块拿了回来。

而这，便是这颗流星存在的意义，也是千百万同他一般终归于历史尘埃的英雄的意义。

"身死明灭者如牛毛，角立杰出者如芝草。"

华夏穹庐星痕密布，皆是指引万代的神明。

醉卧沙场君莫笑,
古来征战几人回

如何成为北境之王？

历史问答角

如何成为北境之王？

关注问题　写回答　邀请回答　👍好问题2971　📢分享

@ 马丁今天不想更新

谢邀，改名叫史塔克。

赞同 3624　评论 433　收藏 243　喜欢 2122

题主评论：马丁你好，我想当现实里的北境之王，有没有作业可以抄抄？

@马丁今天不想 更新 回复题主：我帮你召唤下叶卡捷琳娜大帝？

@ 踏祁连山

谢邀。汉高祖圣训说，非刘氏不得称王。我生前并未封王，陛下封我为冠军侯，想要封王的话建议题主要不"废号重开"，重新投胎到刘姓皇族。

如果封侯的结局也可以接受的话，那题主可以尝试：组兵、出征、杀敌、回国、授封。有两个注意事项，第一出征活着回来，第二别迷路。

赞同 12356　　评论 1235　　收藏 214　　喜欢 2341

@踏祁连山

没想到点赞三天破三万了，私信也爆了，我在这里集中回答下。

1. 我不是装，只是大道至简，越是简单的事情，越需要精细的操作。

2. 承蒙厚爱，大家叫我中国最早的北境之王，但我觉得武功不论大小，守土之责，原本就是从军之人的使命，战死沙场、马革裹尸就是荣耀。

3. 我大汉热爱和平，喜好种地。若是敌人不愿意让我大汉百姓好好种地，那我们就只能先把敌人种在地里。

4. 战场上从没有奇迹，你们须看到我背后的霍家军，须看到百万百姓的徒步支援，须看到陛下的倾其国库，毕其功于一役。

5. 不用替我反驳，我就是私生子，我的父亲和母亲从未成婚。

6. 最后我也有一问：后世的武将，你们有没有守好国土？匈奴的铁骑还再踏入过我华夏之土吗？

赞同 32325　　评论 245　　收藏 156　　喜欢 9451

霍去病

文／夏眠

醉卧沙场君莫笑，古来征战几人回

元狩六年（前 117 年），长安，是夜。

暮色沉沉。未央宫灯火通明。

身着玄色外袍的男人背着手来回踱步，等待着太常赴命。

他不明白，他的大司马，他的骠骑将军，他的冠军侯……怎会才过了弱冠之年就命若悬丝。

太常趋步而上，匍匐在地，只颤抖着伏地叩首道："陛下，大司马不治而亡。"

刘彻盯着厚重的夜色，一颗流星划过，曾有个方士告诉他："你是帝王之命，你应统御九州、归化四方、协和万邦，所以你自有七杀星相助。"

未央宫上空传来一阵长鸣。

拘魂使瑟缩地站在一旁，反倒是被拘的灵魂坦然，他垂头望着自己的身体，还有哭倒一片的仆从。拘魂使小声提示："星君，该归位了。"青年转过头，看向了皇宫说道："我还想去个地方。"

拘魂使不敢阻止，问："星君，是想和紫微星告别吗？"青年被风沙雕琢过的脸上浮现出了如微风吹拂狐奴河般温柔的笑意："拘魂使，只见星君，不问黎民吗？"

刘彻做梦了。

他梦到霍去病来上朝的样子，这孩子长高了，长壮了，唯独眼神从未变过。

刘彻笑了，满朝文武，唯独霍去病独享皇帝的宽容。

那些心下不满的文官武将懂什么？

霍去病不只是战功赫赫，他还是刘彻看着长大的孩子，更是汉武帝最忠诚的门徒，亦是大汉最锋利的宝剑。

这柄剑第一次出鞘，是在十八岁的那年。

霍去病是私生子，这事人尽皆知。

他的母亲和一个小吏私通，生下了霍去病，从此他便依靠着舅舅卫青长大，虽文赋未见长进，但武艺和兵法倒是与日俱增。

卫青第一次把霍去病带来长安时，他静静看着热闹的长安、豪华的府邸。此刻正值上元节，长安灯会，十里繁华。卫青带着年幼的外甥走过直道，沿途看到表演杂耍的、猜酒楼灯谜的。

这也是霍去病第一次见到刘彻，他按照舅舅的嘱咐躲在帷帐之后屏声静气，只听外头争执不下：冒顿单于杀父统一各部后，威势鼎盛；如今的伊稚斜单于虽不如冒顿，却也雄踞一方，多次领兵挥刃南下。舅舅卫青虽在龙城之役中艰难获胜，但剩下的匈奴据点难寻，连老将李广都不识路，伐匈难度又极大，战事几乎将国库掏空，朝中和亲派的呼声日渐高涨。

刘彻看着地形图沉默不语时，忽听帐后传来一句："往北，祁连山处便是了。"

刘彻拉起帷帐，他见到了一双熟悉的眼睛，粗看平静如水，细看却又似烈火燎原。

"你不怕我？你知道我是谁吗？"

"知道，你是皇帝。"

卫青面色大变，慌忙责备，刘彻抬手止住了卫青的责难，蹲下身。

"你叫什么？"

"霍去病。"

"你看得懂这地形图？"

"当然。"

刘彻摸了摸他的头，又看向卫青，说："祁连山外，汉军从未涉足，你不怕吗？"

霍去病看向那幅地图，声音尚且稚气："寇可往，吾亦可往。"

刘彻细细打量着这个孩子，他终于想起上一次看到这种眼神的场景，那是弱冠之年时铜镜中自己的眼睛。

于是，刘彻又问："汉匈交战，胜少负多，白登之围勇如高祖都无可奈何。"

霍去病毫无惧色："我不怕。"

"你不怕战死？"刘彻有些诧异。

"即便是赴死，往前也是前途万丈。与其在卧榻之上垂垂等死，宁可马革裹尸御敌于关外。"

刘彻记住了这孩子。

元朔六年（前123年），十八岁的霍去病终于用卫青副将的身份得到了出征的机会，可那时的霍去病只想当先锋。先锋，九死一生，若是夺先登之功，自然万人景仰，但历来先登之人，脚下踩的尽是同袍尸骨。这点刘彻懂，霍去病更懂。

夕阳如残血，他终于等来了皇帝的口谕：封霍去病为剽姚校尉，率八百骑。

剽姚者，勇猛疾劲。霍去病点了八百人，个个都是悍勇的精兵强将。

城墙上，刘彻远远地看着他。

机会我给你了，一将功成万骨枯，霍去病，你是功臣，还是枯骨，全凭你自己。

大漠比霍去病想象中更宽广，行数十里，景色别无二致。若没有向导，多半都会迷途不知所向。卫青六战匈奴，未尝败绩，匈奴人一听他的名号就退避数百里。这茫茫大漠，又要如何寻得匈奴大部队的踪迹。

卫青尚在营帐中议事，十八岁的霍去病翻身上马，破风而出，身后跟着的是八百精骑，横绝阴山。他当然知道气候无常，也知道大漠凶险。可正因如此，才更是要快！要快！

要快!

汉军的铁骑穿过阴山,直逼匈奴营帐。匈奴还未来得及反应,就听到天际线处传来的马鸣和战吼,准备吹号组兵时,汉军已在眼前,人头滚滚,血染黄沙。

"校尉,有人跑了。"

霍去病一甩缰绳,朝着匈奴逃兵的匪首用力一掷,手中的鎏金戟呼啸而出,从后刺穿了匪首的胸膛,把尸体深钉在黄沙里。

余光扫过一道寒影,霍去病迅速后仰身体,一把长戟此时正横劈而过。是匈奴人捡起了负伤汉将的武器,朝霍去病直刺而去,霍去病勒住马头,战马会意地高高抬起前蹄踩在了对方脖颈之上,对方登时毙命。霍去病顺手抽过长戟,反手向后一刺,匈奴人被贯穿喉头应声而倒,倒在汉军身上。

"校尉!"被霍去病所救的传令官一掌推开尸体。

"吹号收拢队形!"

汉军迅速集结,以掎角之势合围群龙无首、乱作一团的匈奴。

这一战,斩首、俘虏匈奴两千有余,伊稚斜的叔父和祖父皆在其中。传令官将消息传回长安,从此,霍去病不再只是卫青的外甥、霍家的私生子,他是勇冠三军的冠军侯、匈奴人的催命符。

回朝后的霍去病直入未央宫。此时刘彻正对着一张地图沉思,那是阔别长安十三年之久的张骞带回来的地图。

霍去病一看便明白了:"臣愿再出征。"

刘彻握着他的肩膀,问:"你不先回家吗?"

霍去病答:"匈奴未灭,无以为家。匈奴灭,天下太平,则天下皆为家。"

若是换作以前,刘彻必然大大赞赏这个尚未弱冠的少年,如今,刘彻反问:"你和你的舅舅,卫大将军仿佛不一样。"

霍去病脱口而出:"当然不一样!"

霍去病大踏步上前,一掌拍在地图上:"孙子曰:'一曰度,二曰量,三曰数,四曰称,五曰胜。'阴山之外,匈奴世代繁衍,天时地利,优势在匈奴人而不在汉军,若要取胜,只有片刻须臾之机。"

刘彻背过身道："你的言下之意，卫青拘泥于兵法？"

霍去病从容不迫地回答："卫将军是全军统帅，他将汉军安危系于己身，自然不能冒险。"

刘彻转过身，问："那你就可以？"

霍去病理所当然答道："我原为先锋，自然一马当先。若我输了，至多我给八百将士赔命共赴黄泉，散尽家产供其家室。"

刘彻眯起眼睛，问："若是你赢了呢？"

霍去病一手拍在地图上长安的位置："陛下，兵者无论孙子鬼谷子，战事均起于九州之内，未尝有一人远征匈奴。若是我赢了，汉家兵书，御敌万里之外，由吾起始。"

元狩二年（前121年）三月，长安城已着繁花，陇西依然春色未曾看，只听得几声羌笛悠长。

霍去病沉默着一马当先，渡过狐奴河，一路向西去。

风撕扯着他的战袍，他只要快，要更快。

"将军，给养从何来？"副官在出征前担心，粮草从来先于兵马，无粮则无兵。

霍去病反问："给养？匈奴那里不是有吗？"

一城又下一城，第三日刚做休整，霍去病又突然翻马而下，把耳朵贴在地面，只听到远处传来了隆隆之声。他大喝一声："小心应战！入阵！"

马越壮，蹄声越沉。

今次来的恐怕是匈奴休屠王、浑邪王的主力。

"此战，若我战死，为我复仇。"

霍去病的耳畔此刻只有一片寂静，他年幼时曾见过被匈奴劫掠过的村庄，汉人同胞被屠时自己只能躲在空城之中屏息。

他在被舅舅带回身边前，曾经无数次地问过自己："为何要逃？为何只能逃？"

无人回答，只有一个精于黄老之术的老妪告诉过他："将星现世，自然太平。"

将星？霍去病仰头，浩瀚苍穹，将星何时现世？若不现世，难道苍生只有任其践蹯？

对面传来了地动山摇的喊声，那是匈奴的战吼。

与其坐等遥遥无期的北落师门，不如就让我成为人间将星。

霍去病一蹬马腹，战马嘶鸣而出，他迎着如乌云般滚滚而来的匈奴骑兵冲了过去，他的鎏金戟闪着金光，好像破云而出的太阳。

休屠王跨马而出，搭弓射箭，均被霍去病躲过，休屠王走得匆忙，箭皆落下，只剩空壶。他又号令左右，稳步后撤，途中还不断虚拽弓弦，朝着霍去病的方向连拉响十余次。霍去病左躲右闪，在乱军中发现只有弓响，不见箭到，便知道有诈，提枪上马，直击休屠王。

休屠王躲闪不及，连连后撤，却刚好落入了汉军的包围圈，登时厮杀漫天。

休屠、浑邪二王仓皇逃窜。霍去病生擒浑邪王太子、缴获了休屠王的祭天金人，士兵无不叹服。

"二王既走，吾等回程时务必小心有埋伏。"霍去病盯着杯中晃动的庆功酒，用手指沾了沾酒，在沙地上画起来，嘱咐左右。

左右将士面色凝重，注视着随军医士解开了霍去病的衣甲，露出没入血肉的箭矢。霍去病长饮一口酒，尽数吐在伤处。

"来。"

医士面色苍白，按住他的肩膀，又拖住箭头，往外一拉，登时霍去病额头青筋暴露，却一声不吭。医士当机立断，再用力，将整根箭头拔出，伤口处血肉模糊。

"将军！"

"包扎，包扎完了拔营回程。"

"可是……"

"听命。"

众人依言行事，谁都没有仰头看，那颗位于南斗的七杀星，此时璀璨无双。

大军拔营回程，行至皋兰山下，果然有得到消息的匈奴兵在此埋伏，准备等汉军人困马乏、无心再战时再大破威名赫赫的霍家军，以此向伊稚斜邀功。

匈奴分为两支形成夹击之势，视汉军为囊中之物。霍去病迎着敌人飞奔而出，匈奴举起马刀向主帅砍去，一箭即刻贯穿了他的肩膀，第二支箭则是贯穿了他的胸膛。

他们的人头，也被一起带回了长安。

从此，霍这个字在此成了禁忌，再凶狠的草原狼听了霍字，会夹尾躲藏；再勇猛的飞鹰听了霍字，要降落匍匐。

刘彻得了战报，大喜过望。众人纷纷恭贺霍去病凯旋，但他只是擦拭着自己的长枪，淡然地看着远处翱翔的雄鹰，说："那只鹰能飞到的最远的地方，即是我大汉的边疆，稍作休整，霍家军即刻出征。"

诚如霍去病所料，刘彻下令从西北、东北二处再发兵，霍去病和公孙敖赴西北，打通河西走廊，踏破焉支山。公孙敖看了一眼霍去病身边三名副将，皆是归降的匈奴，霍去病却委以重任。霍去病看出了他的想法："他们现在是霍家军，是汉军。"

正言谈间，斥候带来了消息，伊稚斜发誓报复，入侵雁门，决战在此一役。

霍去病命生于匈奴长于匈奴的三名副将指路，其中一名叫高不识的副将欲言又止："将军……"霍去病在他背后打了一掌："看路！"

汉之祖，有九黎、伏羲、轩辕、神农、燧人……若只为一氏，是鼠目寸光，大汉又怎么会如此小气？

护百人为乡亲，护万人为天下。一人之功，只为匹夫之勇，万人之功，则为社稷之主。

匈奴若归了汉，则世间再无匈奴。

是故，必用匈奴，不仅要用，还要重用，更要重赏！

那一年，霍去病刚满二十岁。

此时的公孙敖在茫茫大漠中迷路，未能如期与霍去病会合。霍去病孤军深入，越过居延海，奔驰过小月氏，攻抵祁连山，将毫无准备的匈奴打得落花流水，杀敌三万余。

刘彻在长安兑现了当初对他的承诺，归义的匈奴立功者同被封赏：赵破奴封从骠侯、高不识封宜冠侯、仆多封辉渠侯……

伊稚斜单于恼怒于浑邪王一直战败，想将其召至单于庭而后诛杀。浑邪王得到消息，马上联合休屠王，决定归义汉朝。

刘彻沉吟许久，归义自然是好事，可是这二王率领万众，若是诈降……诈降亦如何？有冠军侯坐镇，还能反了他不成。

霍去病带着骑兵受降。匈奴人眼看着汉军将至，竟然畏缩不前起来，谁都不愿意第一个上前，惶恐之中，竟然有人放弃投降，仓皇出逃，匈奴乱作一团。

霍去病冷静地开弓拉弦，射杀逃兵，顷刻之间匈奴大营便恢复了平静，二部四万余人成了顺民。这些人被安置在了陇西、上郡、朔方、云中、北地五郡。

丢失了阴山南北，匈奴再也无法抵达黄河以南，过阴山时，无不痛哭流涕："亡我祁连山，令我六畜不蕃息。失我焉支山，令我妇女无颜色。"

匈奴再无再战之力。

霍去病的战绩传回长安，激起朝中不少声浪。刘彻把弹劾霍去病的奏疏通通丢到了案几上。

宦官俯首听命："陛下……霍将军是忠于您的。"

刘彻缓缓开口："他不是忠于我。"

宦官面色大惊，跪倒在地。

刘彻笑着看着长夜："他是忠于大汉。幸甚。"

元狩四年（前119年）春，汉武帝命卫青与时年二十二岁的霍去病再次出征漠北，此刻漠北之战又打响。烈烈狂风，带着草原的泥沙，直扑人眼。霍去病掩住口鼻，顺着狂风的方向，出代郡、右北平郡，北进两千多里，越过离侯山，渡过弓闾河，大破匈奴左贤王军。

兵法说穷寇莫追，霍去病偏反其道而行之，宜将剩勇追穷寇，一路杀到了狼居胥山。

霍去病跳下马，看向眼前，据说那是匈奴的神山，甚至连高声说话都会触怒神灵。他偏着脑袋，偏要放声大笑："神山？今天它就改姓汉。"

他命人取酒杀羊，在山顶祭天。在姑衍山祭地。

杀人最狠不过诛心，灭族最狠不过诛神。

匈奴再无和汉为敌的勇气，冠军侯，勇冠四海八荒。

四夷既护，诸夏康兮。国家安宁，乐无央兮。载戢干戈，弓矢藏兮。麒麟来臻，凤凰翔兮。与天相保，永无疆兮。亲亲百年，各延长兮。

任谁都无法预料，当打之年的冠军侯会猝然离世。

有说这是上天召回了他的七杀星君，星君在人间逗留太久，会毁了天道平衡。

自他起，中国再无不可战胜之强敌。

自他起，勇冠三军成了对武将的最高褒奖。

天下之事虽合久必分，分久必合，但每当分崩离析，外敌入侵，宛如万古长夜时，总有一颗不灭星辰照亮着少年们的眼睛。

这束星光，冲破宇宙洪荒的禁锢，落在少年们的灵魂深处，灼烧出太阳的光芒。

每轮夕阳收尽苍凉之际，必然有另一轮太阳爬上山巅朝晖烈烈。这份赤诚在人间化为一句刻在中华民族骨子里的信念："寄意寒星荃不察，我以我血荐轩辕。"

纵有狂风拔地起
我亦乘风破万里

全家都是"学霸",只有自己是"学渣"是一种怎样的体验?

历史问答角

提问:全家都是"学霸",只有自己是"学渣"是一种怎样的体验?

关注问题　写回答　邀请回答　👍好问题1126　◀分享

@ 大汉执剑人

感谢善解人意的亲妹子找我来回答,我已经在改了,但现在全网都知道我是"学渣"了。

我家从我爷爷辈开始就是读书人,我爹是,我哥是,我妹是,就我不是。我爹娘反省了很久,想着是不是对我的教育方法出了问题,还是接生时我头先着地。哎,其实问就是我实在学不进去,我觉得读书这事儿和我八字相克。

家里人见我这样,也就不逼我读书了,可是身为男人,我又没资本靠脸吃饭,总要有条路混口饭吃啊。文的不行,我就试试武的,试着试着,就吃上饭了。

赞同 1362　　评论 845　　收藏 354　　喜欢 368

@**大汉执剑人** 更新：评论都让我出攻略，我觉得第一是找靠谱的老板做后援；第二找靠谱的同事当队友；第三自己也得靠谱，对自己的能力有清晰的定位，对自己的下属有清晰的定位。最后，保持这三点，就可以了。

更新二：

我的攻略很细致了啊。至于怎么找靠谱的人，物以类聚，如果一直找不到靠谱的队友，或许，可能，大概……要不咱先瞅瞅自己？

赞同 1359　　评论 123　　收藏 26　　喜欢 442

题主：你该不是定远侯班超吧！

想当学霸：那可是全西域"通天代"，战绩可查！

大汉执剑人 回复 **想当学霸**：有需要吗？淡季啥单都接。

学得发蒙 回复 **大汉执剑人**："班神"，我也是学渣，六门功课总分九十九，大学是没戏了，求攻略救我狗命。

赞同 2351　　评论 845　　收藏 34　　喜欢 845

纵有狂风拔地起，我亦乘风破万里

班超

文／夏眠

永元十二年（100年），洛阳城，章德殿。

东汉自光武帝刘秀定都，已经过了七十五个年头。

帝位上坐着皇帝刘肇，他虽年轻，但在云谲波诡的宫廷中肃清了外戚，重整朝堂，颇有光武帝的遗风。

前方叩首匍匐着的，是定远侯班超的妹妹班昭。

此行，是为了她的阿兄班超求情，求陛下准许他告老还乡。

刘肇沉吟良久，终是松了口。

年迈的班超拿着诏书，穿着粗布衣衫，坐在牛车上，夕阳的余晖中，眼前的风景和自己离开时没什么差别，只不过自己早就从轻狂少年成了耄耋老人。路尽头是迎他而来的众人，他们衣着朴素，并非宫廷的礼官，而是边陲的百姓，见班超近了，他们跪在地上，举起盛有清酒的酒杯:"送定远侯!"

班超连忙跳下车,耳边充盈的不只是百姓的祝福,还有儿时打闹时的笑谈:"看面相的人说我能在万里之外封侯,我若是封了侯,不仅要重振安陵班氏,还要壮我汉室之威严。"

起初,没人相信这看面相的人说的话。

班家乃是安陵的望族,无奈汉末乱世,家业凋零,但族中子弟,无论男女,皆勤勉好学。早些年,家主班彪有感于史籍零落,便上书光武帝刘秀,告病还乡,在家安心抚育子女,编撰史书。

班氏族人读书多,自有气质,班超是个例外,功课学不好,读书也没什么进益。

倒是大哥班固十六岁就入了太学,成了乡里乡亲羡慕的对象。不过大家这股羡慕劲儿还没热乎呢,班固就因为父亲去世生计困难回了家。

一时间,眼红的人纷纷落井下石,世间哪有比看富贵之人潦倒更快乐的事。于是,时不时有人在辛苦养家的班超面前,讽刺班氏的没落。

那时的班超总是想,有一天,能重振班氏的颜面就好,哪怕就一天。

然而,班氏的颜面在班固被抓后直接落入了尘土。

扶风郡有个叫苏朗的人伪造图谶获罪,一时风声鹤唳,在家修史书的班超被捉了去,眼看着就要入刑。班固借了匹马就直奔洛阳陈情,捡回了哥哥一条命,还为哥哥谋了份专修史书的工作。

可是,班超看到史书就头晕,没多久就因能力不足被轰了出去。他好像流浪狗一样坐在街边,颓丧不已。路过的相士忽然拉住了他:"少年郎,你可是封侯的面相。"

"我学问不行,哪有封侯的机会呢?"

"学问不在纸上,在天地间。"

班超一愣,反应过来时,相面师不知所终。

街上人声鼎沸,街坊邻居都在传大汉又要北伐匈奴的消息。班超心里一动,很快,他就成了北伐的窦固军的一员。

窦固带着班超,同耿秉、祭肜、来苗三位将领,分四路朝北方开拔。茫茫大漠,诚如班固所料,匈奴难寻,偏生只有窦固遇到了匈奴。

汉军遇匈奴,主将多一马当先,班超带着汉军,首战杀敌数千,策马一路追击,直到蒲类海。作战讲究一鼓作气,班超当即攻占了伊吾,回报窦固,窦固大喜,按照汉例,让士兵在这里开荒屯田。

班超松了松筋骨,提笔准备写家信报平安:"冠军侯封狼居胥后,匈奴再无猛将,战事虽紧却未见绝境……"

还未写完,窦固派了一个任务给他:出使西域。

接到任务的班超,思考良久。窦固见状,还以为是班超胆小,准备再寻他人时,班超却已经应了命令,只要求带三十六人随行。

"要不要多带点?"窦固追问。

"够了。"班超背对夕阳,眼神里充满着自信。

鄯善国位于沙漠里的绿洲中。鄯善国王见是多年未见的汉使,热情招待他们。班超以为能成功结盟时,鄯善国王却一反常态,冷若冰霜。霎时,队伍里众人分成两派,一派认为有诈,走为上策;一派认为鄯善国侮辱汉使,必须严惩。

班超反问:"你们想想,能让鄯善国王一反常态的,会是什么人?"

众人恍然大悟:"匈奴!"

班超道:"我有一计,兵,不厌诈。"

商议过后,班超把负责招待他们的鄯善仆从找来,笑呵呵地问:"北匈奴的使者想必来了几天了吧,为何我没见到呢?"

侍者脸色一变,连连讨饶,把北匈奴的事透了干净。

当晚,班昭召集将士,把最好的肉、最烈的酒都呈上来,不分彼此,无论上下。所有人都明白,若是成了,功成名就;若是败了,这顿便是断头饭了。

三十几人,又距离窦固大军千里,要如何才能逼退匈奴人?

班超决定赌一把,他知道自己只有三十六人,可是北匈奴并不知道。

夜黑风高,狂风大起,席卷如潮水。

班超带一队人马，潜入匈奴营寨，等到营寨中已无声息，便摸到上风口处，从怀中掏出火折，一吹，火星落在了枯叶上，点点星火逐渐扩大，火舌舔到了营寨。

登时，风助火势，营寨陷入一片火海。

班超大喝："今夜死战，不入虎穴焉得虎子！"

士兵们只看到班超燃起火光的背影。

北匈奴人半夜被惊醒，拉开营帐，只见四周皆是火光，火光中是汉军，耳边尽是汉军的战吼，远处还有汉军的军旗，擂鼓之声震天。

匈奴人乱作一团，夺路而逃，刚好落入班超设下的陷阱，溃不成军。

翌日，班超直奔鄯善国王处，一抬手，一排北匈奴使者的首级列在鄯善国王面前。鄯善国王当即表示愿意归附汉朝，并让儿子前往洛阳当人质。

捷报传到了窦固处，窦固大喜，立刻上书汉明帝刘庄为的班超请功。一心收复被王莽篡汉所丢失的西域影响力的汉明帝刘庄，毫不犹豫地任命班超为司马，继续出使西域。

班超婉拒了窦固的增兵申请，还是带着之前的35人继续上路，来到于阗国。于阗国王在西域颇有威望，自然看不起断绝关系已久的汉使，再加上匈奴监国的震慑，更是对归附汉朝毫无兴趣。

"我和鄯善那狗腿不一样，我才不当汉室的狗！"

被匈奴监国买通的巫师见班超就三十几人，想趁机挫挫他们锐气，对国王说："班超的马很不错，拿来祭天必然会让神灵庇佑。"面对此大辱，有的将士把持不住，被班超拦下，班超拱手微笑："区区一匹马，既然巫师喜欢，过来自取便是。"

巫师听闻，和左右侍从一同嘲笑班超道："汉使又如何？还不是叫干什么干什么，今天我们就吃汉马下酒。"巫师的手刚拉过马缰，站在身边的班超便一刀了断他的性命。还来不及擦干净身上的血污，班超就提着巫师的头颅直奔王宫，把它丢到了国王面前。国王沉吟半晌，匍匐在地："从今天起，我愿意归附汉朝！"

"班司马，这国王两面三刀，为何要留他？"将士问。

正蹲在地上画地图的班超仰起头，环视左右："你们觉得，这地方比洛阳如何？"

"远远不如！连我老家都比不上！"将士回答。

"西域小国，百姓卑微，要么依附汉室，要么依附匈奴。他们是没有这个本事谈气节的，只要他们愿意臣服，就留着。"

"那……"

"走，我们还有其他国家要出使，上路！"

班超拉着他的马，出了城门。

两战全胜的战绩，为班超带来了赫赫威名，西域诸国纷纷派遣使者抵达中原，与大汉恢复了断绝六十五年的通信。

愈往前，愈难走。当年博望侯张骞的影响力早已消散，西域各国中，康居、大宛、乌孙、大月氏强族环伺，在他们眼皮子底下，汉使无异于羊入虎口。

班超带着他的将士穿过帕米尔高原，沐浴着戈壁上毒辣的日光，一边向来往的牧民和客商收集信息。

知己知彼百战不殆，班超只派出了一个部下，便拿下了身为傀儡的疏勒国，还扶持了新的国王忠。

与此同时，窦固大军一路西进，西域重回汉室的掌控，消失多年的西域都护府重现大漠。

可北匈奴从不是温顺的羊，他们如草原狼般伺机寻找机会。

机会来了。公元七十五年，汉明帝刘庄去世，汉章帝刘炟即位。汉朝内部局势尚未稳定，更顾不上万里之外的西域，于是，朝廷召回了汉军。

疏勒国王听闻此事，大惊失色：若是汉军走了，我们只有死路一条；早知要走，那我们一年多的浴血奋战是为了什么？疏勒国都尉黎弇陈情后，当着班超的面拔剑自刎。

面对如山军令和期盼回乡的战友，班超心乱如麻，只能骑着马退回了于阗。刚回于阗，早就得知消息的百姓和官员抱住班超的马腿："汉使您就像我们的父母，您走了，我们就没活路了。"

号啕的哭声刺痛了班超的耳膜，他拨转马头："诸君，即为汉使，绝不能辱汉使之名。"

班超折返回疏勒，果不其然，疏勒立刻投靠了龟兹，不仅如此，还纠集了另一个小国尉头，准备给北匈奴卖命当先锋。

班超毫不犹豫地杀了叛乱的七百名将士，弹指间平定叛乱，威震四方。汉使还在的消息传遍西域，人心再一次聚拢在班超周围。

两年后，班超带领疏勒、康居、拘弥诸国的军队，主动发起了对北匈奴的进攻，一举歼灭了龟兹的附庸姑墨国。

捷报频传，班超听着将士们激昂的歌声，心里一片宁静，下笔上书："陛下，现在西域诸国都臣服汉室，只剩下北匈奴最后一个据点龟兹。与其硬攻，不如智取……"

信寄出后，班超便驻扎在原地，等待着中原的消息。

与此同时，莎车国以为蛰伏的汉军早已撤退，选择投靠龟兹，反叛大汉，西域各国都在蠢蠢欲动。

即便在班超坐镇的疏勒国，都有将领番辰生出不臣之心，暗地里和北匈奴、龟兹串通，准备里应外合诛杀汉军。

班超点齐兵马，神态自若地带着手下人马迎战疏勒国叛军。

城墙在接连的攻击中遭到毁坏，继而倒塌。

在余晖中，班超宛如一道铜墙铁壁，于城墙处搏杀。

班超不退，汉军则不退。

班超在战，汉军则不输。

就在太阳要被黑暗吞噬时，地平线的那头出现了一群新的兵马。班超吐了口血沫，准备再战时，听得身边传来的呼喊："汉军旗！那是汉军！"

徐干拨马而出，朝着班超大喊："司马！朝廷让我来助你！"

原来，汉章帝收到班超的诏书后，派与班超志同道合的徐干，率领一千人马前往西域增援班超。恰在此时，徐干到达疏勒，与班超会合。

汉军，从不会成为孤军。

班超拔旗而起，带着徐干的援军直冲番辰的敌军，一战便斩首一千多人，三度平了疏勒之乱。

大捷后，班超不敢掉以轻心。若想平定西域，只靠中原的援军太过勉强，不如以夷制夷，联合周围的大国对付匈奴。

于是，班超便上书汉章帝："西域乌孙等国，曾与汉家共击匈奴；如今，我们可以效仿先帝，重新联合乌孙。"

汉章帝从善如流，拜班超为将兵长史，嘉其忠勇无双。

可班超未曾想过，武将不畏死，文官却会胆寒。

文官李邑肩负出使乌孙的使命，本是来帮班超平定西域的，在半路他正巧遇见龟兹攻打疏勒，他被战争的惨状吓得屁滚尿流，连夜跑回洛阳。

为了逃避责任，不被责罚，李邑上书皇帝，诬陷班超："陛下呀，班超说他能平定西域都是瞎扯。他正在西域升官发财，带着全家享福呢！"

班超听说李邑弹劾他的话，半晌无言。他知道君王的猜忌会惹来杀身之祸、灭族之患，于是把妻子送回家乡，烧掉了和家人的通信，穿戴整齐等待汉史的到来。若难逃一死，独死班超一人足矣，勿累及家人。

刘炟的使者如约而至，五花大绑的李邑被丢到了班超面前。使者说："陛下有令，李邑是你的手下，听你差遣。"

班超明白这圣旨，李邑也明白，哪怕班超此刻杀了李邑推到匈奴身上，皇帝也不会追究。他走向绝望等死的李邑。

班超割开了李邑的绳子后，派遣他护送龟兹的王子去洛阳当人质。李邑不敢相信，半晌，才跪在地上，重重地磕头。

一旁的徐干不解："我以为你会杀了他。"

班超笑着摇头："当初他诬陷我，我现在送他回去，反而能证明我的清白。我若杀了他，只会百口莫辩。"

有了汉章帝的支持，班超继续扫荡西域不服大汉的势力，一时之间四方畏惧，匈奴匍匐，就这样安稳了三年。

小国无节，三年后疏勒国再度叛变，班超弹指间便灭了疏勒的叛军。

就在西域四方平定时，上天给了班超更大的考验，当初的大月氏，如今的贵霜帝国出动了四倍于班超守军的兵力，准备把班超斩于马下。

班超否决了将士死战的建议，说："不畏死，但不求死。"

他选择坚守城池。兵马未动粮草先行，贵霜大军远征西域，必然补给不足，只要坚壁清野，断了他们的补给，自然兵败如山倒。果不其然，贵霜军队远道而来，久攻不下，很快就没了粮食。可贵霜不愿意服输，派出使者向他国借粮，没想到，班超早就提前派人埋伏于此，杀了所有的使者，送到贵霜将领的面前。将领沉吟许久，默默地撤了军，从此断了染指西域的念头，派出使者去中原进贡修好。

此后，班超的威名横扫西域，飞扬在帕米尔高原，越过了阿姆河，抵达了贵霜，还有其他更远的地方。

消息传回了洛阳，年少的君主刘肇震惊于班超的功绩，封他为定远侯。

可班超却开心不起来。最后一个跟他一起出征的将士老死在了西域。弥留之际，他握着班超的手，唱着家乡的童谣，戎马一生的将士竟然和孩子一样哭了起来。他许了之前所有将士的愿望："将军，我想回家，哪怕回不去，看一眼玉门关都好。"

班超剪下了他的头发，上书皇帝，希望能让他们这样的年老之人回中原，然而，所有的书信都石沉大海。

漫长的等待加速了班超的衰老，他日日夜夜地做梦，梦到孩提时的玩伴，梦到熊熊的烈火，梦到戈壁的战场。

少年时，他渴望建功立业重振家族的荣耀；壮年时，他希望化身大汉的天堑，拱卫身后的家乡；晚年时，他不后悔戎马西域半生，亦庆幸为大汉打下了这俯首称臣的太平地。

如今，他只奢望能带他的将士回乡，只怕一眼，也算至情至性，不负同袍所托。

洛阳章德殿的刘肇，对着班超的上书左右为难。他深知定远侯的功绩，落叶归根，故土难寻，于情于理都应该让他回来。可定远侯只有一位，他若是离开西域，万一西域诸国又有不臣之心，岂不是三十年心血付之东流。

面对班超妹妹班昭的再三求见，皇帝终于点了点头。

回乡一个月后，班超去世。

史书称他为"定远侯"，连同那个不知名的相士一并记了下来。后世的人相信，那位出身安陵班氏的定远侯，善战而不求战，有赫赫之功，即便身死，魂亦不灭，守在玉门关外：一夫当关，万夫莫开。

悠悠华夏历史，因战功而封侯拜将者，如日月般灿烂，定远侯班超赫然在列。

他归时已是垂暮之年，可所有人都记得他披甲执剑的模样，他站在西域，身后是大汉。任塞外如何刀剑风霜，都越不过那座名为班超的巍峨之山。

御敌于国门之外，穷其一生，拱卫汉家江山，成了无数少年的梦想，从汉到唐，从唐至明，定远侯不再是一个人，而是一个执念，捍卫着汉室的边疆。

中华能得定远侯，幸甚至哉。

红颜凛凛考名在，
青史啦啦血泪盈

找到毕生理想是一种什么样的体验？

历史问答角

找到毕生理想是一种什么样的体验？

关注问题　写回答　邀请回答　👍好问题2971　分享

@ 爆裂鼓手
签名：等待朝廷召唤中……

谢邀，正准备看皮影戏呢。

我的理想是世界和平，我是认真的。

赞同 3624　评论 433　收藏 243　喜欢 2122

梁红玉

文 / 拂罗

红颜凛凛芳名在，青史斑斑血泪盈

自打记事起，就听我娘讲大宋一开始有多么繁华，那是他们那一辈人再也回不去的童年记忆。但我出生的时候，大宋早就乱起来了，那时父兄在外打仗，时不时带来哪里叛乱的新消息。

那时候我还是个小姑娘，长辈教我习武，说在乱世里有自保能力总归是好事儿。

后来，等我再长大一点儿，大宋更乱了，我的祖父和父亲因贻误战机被斩，我也被押到歌楼里，好端端的家就这么散了。那时我意识到，乱世中阖家团圆是一件何其珍贵的事。

我想，我绝不能在小小歌楼里浪费一身武功，我应是为了保家卫国而生。

再后来，我获得自由，以抗金女将的身份打了几十年仗。那些南征北战的日子里，我常想，假如世界上没有战争，是不是就不会枉死这么多无辜的同胞？可战乱还没平定，岳将军却被杀害，我和世忠也遭到迫害，归隐至今。

这口气，我现在还没咽下呢。

嗯？我选择戎马一生的理由？

很简单。我自己的家已经散了，可我总不能眼睁睁看着更多家破人亡的惨剧发生吧？毕竟，我的愿望可是世界和平、家国永安啊。

我可不是说说而已。

听说民间把我的故事编成话本，还做成了皮影戏，可爱可爱，让我来瞧瞧《擂鼓战金山》演得怎么样……嘘，你们可别戳穿我的身份啊。

不说了，人在台下呢，好戏登场了。

开　场

民间夜市，鼓乐正急，白幕布后，影人翻飞，那皮影戏班子正要演到《擂鼓战金山》的故事，引来无数男女老少驻足看戏。

这正是南宋年间再平常不过的某一天，岳将军遇害后，宋朝用割地赔款换来了短暂的和平。靖康之耻匆匆沦为过往，巾帼梁氏也早已解甲归田，但多年前那些事迹仍然传唱于百姓们口中，随敲锣打鼓声一幕幕上演着。无人留意到，看台角落处多了个姿容飒爽的女子，她正坐在女人们一片期待的议论声里，挑眉瞧着皮影戏开场。

"娘，梁氏是谁呀？"

"她呀，是咱们女儿家的骄傲！是巾帼不让须眉典范……"

就在此时，艺人们支着皮影四肢，翻飞着陆续出场，台上咚咚锵锵响个不住，白幕布被灯笼骤然映得豁亮，天地间忽地响起一老生浑厚的吆喝声："擂鼓战金山——开始喽——"

乡　音

"故事还要从头讲起，话说那梁氏祖上皆为武将，梁氏从小舞刀弄枪，练就一身好本领……"

台上的小影人栩栩如生地再现主角童年，那可爱精巧的样子，逗得台下的梁红玉直笑。咚咚锵锵震天响的鼓乐声让她回忆起童年时爹教过的话语。

"丫头,这桴鼓可不是随便敲的!开战时主将敲起军鼓,指挥战场,往下逐次传达命令:行军,前进,冲锋……这样不仅能编排阵形,还能迷惑敌军,这里面学问可大喽!等你长大了,爹就领你上前线亲眼瞧瞧!"

在梁红玉的记忆里,自己出生于徽宗年间,祖父和父亲都是骁勇善战的武将,梁家因此尚武,女眷们亦擅刀弓骑射。

如此这般,梁家在这片重文轻武的土地上难免显得格格不入。

那时,"衣冠南渡"尚未发生,但局势早已动荡起来,"文艺皇帝"赵佶痴迷字画修仙,殊不知北方金人已对这片江山虎视眈眈。

梁红玉那年还是个牙牙学语的小姑娘,她敏锐地从长辈们的脸上看到了这些担忧。

大人们说,这大宋,不像他们年轻时那般繁华了。

"娘,娘!大宋当年是什么样子呀?"她问。

于是,母亲搂着幼虎般活泼好动的小女儿,讲当年汴京城里的灯火,讲桂子与荷花,讲锦街香陌……宋朝经历了变法与党争,到徽宗继位时,只剩下最后一口气。赵佶不仅怠政,还想方设法搜刮民脂民膏,许多农民都被迫沦为草寇,四处流窜。

这天下,眼看着就要乱了。

"孩子,你生不逢时呀!"娘拭泪叹息,"假如早生几十年,你必定能安然在闺中长大,日后寻个好人家……"

"我才不呢!"每次听娘这样讲,小小的女儿就发出"哼"的一声,神气十足地叉起腰,"长大后我要和父兄一样,上阵杀敌!要是天下乱了,我就打出个太平的天下来!

"人人都说我是将门虎女,我才不要随便嫁给哪个弱书生,我要在这大宋豪杰中占他个一亩三分地!如果非要嫁人,那也只有天底下最厉害的英雄才配得上我!"

寒来暑往,梁家的小女儿就这样恣意地长大了,她不爱女红,最爱刀枪,日日跟着父兄在院里吆喝演武。少女一身是胆,喊声似虎啸山林,能簌簌震落满院霜英[1],好不威风。

——幕布后,那小影人舞刀弄枪,上下翻飞,十分快活,正如少女时期的梁红玉,在十几岁的时候,她曾以为自己能如此过完一辈子。

---

1. 霜英:指菊花,传说梁红玉为九月菊花花神。

只见那闺门旦将唱腔一停，徐徐退场，鼓乐声骤然添了些许哀婉凄凉。

变 故

"造化弄人呀！方腊叛乱，梁家男儿因耽误战机被斩，女眷则发配作京口营妓，一夕间沦落风尘……"

家破人亡，那是梁红玉此生不愿回顾的经历。

不论心中有多么悲痛，她仍清晰记得，宣和二年（1120年）发生了许多事。

这年，宋徽宗草率地签订了"海上之盟"，为六年后的靖康耻埋下了祸端。大宋早年饱受辽人侵略之苦，后来金人攻辽，赵佶约定与金人合兵灭辽。但赵佶不曾想过，等到辽国灭亡，宋朝就失去了屏障，到时直面强大的金国，必将迎来灾祸。

这年，饱受剥削的人民忍无可忍。方腊率众起义，霎时一呼百应，叛乱声在各县四起，大宋版图被战火点燃。梁红玉的祖父与父亲未能及时反应，以至贻误战机而败，获罪被斩。

将门少女眼中的幸福家庭骤然破碎，再聚不成一个完整的家。父兄被斩时的血还未干涸，她便与其他女眷们被押往京口，沦为官妓。

那日，满府哭声不绝。

梁红玉冷眼望着一切，她没有哭。

这是少女第一次直面世道的残酷，身为女儿家，自己的命运竟比浮萍更身不由己，就连上阵讨贼、为父亲报仇的机会都没有——这一刻，她意识到，当世间开始只把你当成一个女性看待时，便是你毕生反抗的开始。

既然如此，那便抗争到底吧。

我不属于这里，这世上也没有女人应该属于这里！

歌楼里从此多了个横眉冷目的歌女梁氏，传说她精通刀剑，力能弯弓，向来瞧不上那些攀附风雅的纨绔子弟。

宣和二年（1120年），往来京口的过客们常常看见梁氏凭栏远望，弹唱之间似有铮然气概。

一年过去了。

三百多个日夜,她被困在这个充斥着欢声笑语、温香软玉的方寸间,梁红玉仍然挂念着自己梦里的刀光剑影。

她最擅长舞剑走索。每个人都认为她会成为一个最好的走索艺人,殊不知,每每走在悬空的绳索上,在距离天空最近的地方,她都幻想自己有朝一日能化作飞鸟,飞到战场去,一展抱负。

"有朝一日,我必将亲自披甲赶赴前线,不输给那些儿郎!"

她将抱负说出口时还是个小丫头,只引来歌楼姐姐们无奈的笑声;当她又一次斩钉截铁地说出这句话时,她已用冷眼慑退轻佻的富家子无数回,也凛然出手替姐妹们解了无数次的围。

都说美人如花隔云端,而她的身影像一把锋利的弓刀,将利剑舞得不断翻飞,穿梭在众多武将的喝彩声中。这里的姐妹们都艳羡她,憧憬她,说她天生就是当侠女的料子,迟早有一天是要走出去的。

这句话并没有错。

就在方腊起事的第二年,眼看叛军将以百万之众攻陷郡县,宋徽宗此时才慌忙调兵镇压。有"万人敌"之称的偏将韩世忠"潜行溪谷,问野妇得径,即挺身仗戈直前,渡险数里"[1],最终生擒方腊,功劳却被辛兴宗领兵抢了去,不禁心中郁闷。

不久后,韩世忠班师回朝,抵达京口,众将士召歌女们唱歌跳舞,其中便有擅舞剑的梁红玉——日复一日倒酒奉茶,梁红玉早已听厌将士们的自吹自擂,经过不断打听外界消息,她逐渐明了风雨飘摇的大宋全貌,不禁愈发担忧这片山河。

方腊被生擒,父兄生前的遗憾总算有个了结,此乃不幸中的万幸,只可惜不是自己亲手擒下叛贼……梁红玉一边舞剑,一边惋惜,她的视线越过众多得意扬扬的武人,忽被一名风骨伟岸的将领吸引过去,此人正在欢宴席间闷闷不乐,如卧虎般借酒浇愁,引人注目。

"喂,怎么了?你可别醉死在这儿啊!"梁红玉大步走过去,踢踢他。

"我不叫喂,我叫……韩世忠……"那汉子醉得东倒西歪,活脱脱像卧虎化了人形。

---

1. 出自《宋史》:世忠潜行溪谷,问野妇得径,即挺身仗戈直前,渡险数里,捣其穴,格杀数十人,禽腊以出。辛兴宗领兵截峒口,掠其俘为己功,故赏不及世忠。别帅杨惟忠还阙,直其事,转承节郎。

梁红玉被逗得笑出声。

后来，无数人遐想梁红玉与丈夫初遇的传奇故事，但在梁红玉眼里都不是那么重要。

她就是她，此生不因为是谁的夫人而成为传奇，她的传奇早从呱呱坠地那一刻便注定了。

经过初识，两人迅速熟络起来。梁红玉欣赏韩世忠出身贫家却有壮志凌云的气概，后来韩世忠也果然在军中步步高升，与岳飞等人并称"中兴四将"；韩世忠也欣赏梁红玉忧国忧民的抱负豪情，他很快替梁红玉赎了身，两人结为伴侣。

临走那日，她与众多姐妹话别，记得她们眼中盈盈泪光："你一定能名传后世，出去可不要忘了我们这些姐妹呀！我们不求名留后人，只求……只求让后人知道，我们是女子，可我们也曾在这大宋真真正正存在过。"

经此一别，山河破碎，再未相见。

夜奔

"靖康之耻，可悲，可叹！金军南下，高宗落逃，反贼作乱，梁氏携儿受困城内，且听她如何化解危机……"

在刀马旦的唱腔中，梁红玉的思绪徐徐飘转回了当年，这里分明没有下雪，她却看见靖康二年（1127年）那场鹅毛大雪，在白色影窗里无休无止地纷扬着。

宣和七年（1125年），金人大举南下，侵略宋朝，攻占燕京，直奔汴京。

梁红玉与丈夫四处抗金，却无法挽回王朝的急坠之势。天子软弱，不断议和，朝廷中求和派的声音始终占上风，后世史官所说的"北宋"终于迎来了它的结局。

靖康二年（1127年），大雪纷飞，东京城破。

东京失陷，成了宋人心中永不愈合的伤口。

城内数万请战军民的呐喊声还未消散，便被天子下令镇压，宋钦宗亲自来到金人大营议和，却立即被金人囚禁。不久后，在凌迟般的飞雪里，大量皇族被俘至金国，金兵们闯入东京烧杀掳掠，生灵涂炭，尸横遍野。

一个百年王朝的覆灭，要多久？

仅仅只要一场大雪的时间。

国破时，那真是好大一场雪。

霜雪在天地间无休无止地吹刮，将士们手指都被冻掉，热血在积雪里凝固成冰。

这场雪比梁红玉记忆里所有的冬天加起来都要寒冷，有太多太多的百姓没能熬过那个冬天，他们永远留在了靖康二年（1127年）的深雪中。

自那以后，梁红玉再也没有收到那些姐妹传来的书信。

生逢乱世，有太多往事不可细想，细想皆是惊心的痛楚。但她也不曾遗忘，她发誓要将这仇恨生生嚼碎咽下，融进肺腑，从此化作满腔杀意，刺向金人的心脏，如此，才可在寂静的深夜里稍显宽慰，以安抚大宋亡人们的灵魂。

大宋自此被一斩为两半，亲人南北眺望而不得团聚，宋人再没有完整的家园，宋高宗赵构向南方不断逃离，又定都临安。

建炎三年（1129年）时，金军抵达楚州，赵构连忙往浙江逃跑——殊不知，两名叛臣早已盯上了这个吓破胆的天子。

御营统制苗傅与威州刺史刘正彦趁机叛乱，意图逼迫赵构让位，他们则拥立新帝，把控朝政。

叛乱发生之际，梁红玉与幼子一同被叛军扣押，而韩世忠正率兵在秀州镇守，不能及时赶回。情势万分火急，有大臣提议道："可有豪杰能一夜间快马抵达秀州，速速催促韩世忠出兵勤王？！"

当然有。

那便是义不容辞表态的梁红玉。

宰相朱胜非对梁氏的侠女风范早有耳闻，他连忙找到苗傅，骗他说："韩世忠身在外地，你若派他夫人出城，劝他降了你，岂不妙哉？"

苗傅觉得有理，下令放梁红玉出城，并派出使者随她同去。

名曰使者，实为监视。

在叛军们幽幽的注视下，梁红玉从容归家，她抱起刚出生不久的幼子，翻身跨马，飞快地朝着城外驰去。

杭州与秀州山水迢迢，须骑一昼夜的快马方可抵达。梁红玉小心翼翼地抱紧襁褓中的婴孩，这孩子感受到马背颠簸，却只是好奇地睁大双眼，竟没咧嘴发出半声啼哭。

真好，不愧是我的孩子。她想。

她骑马夜奔，如同逆着狂风飞行的雨燕，从破晓驰往星月，由星月驰入天光，就像皮影戏里从天而降的女将星。

马蹄声亦像儿时父亲在耳旁敲响过的战鼓。

天亮之际，她终于带着使者赶到秀州，见到了韩世忠，夫妻二人，四目相交，一切交代，尽在电光石火之间了然。[1]

韩世忠一声令下，砍了叛军派过来劝降的使者，旋即火速发兵杭州，解了天子之危。高宗大喜，亲自迎接他们夫妇，并授韩世忠为武胜军节度使，封梁红玉为护国夫人，从此开辟了功臣之妻给俸制度。

护国夫人。

梁红玉接过沉甸甸的圣旨，她第一次如此真切地感受到使命。

这里是她的国，她的家，母亲曾在这片土地上诞下自己，她的民族在这里代代扎根生活。

而如今，这里兵乱不休，乡民沦亡。

要战斗下去，直到胜利那天。

她轻声在心底许下坚定的誓言。

战 鼓

"话说那梁氏冒着箭雨，手持鼓槌，指挥水军，尽洒巾帼之气……"

使她名扬天下的那一战，发生在建炎四年。

建炎三年（1129年）十月，金兵第三次南下侵略，攻入建康，逼近临安，赵构连忙逃向明州；建炎四年正月，金兵攻明州，赵构又登船逃往大海，所幸金兵不擅水战，赵构这才侥幸保了命。

虽然高宗赵构只知逃跑，但这片土地的汉民早已忍无可忍，他们在苦难里彻底爆发，各地军民扎寨练兵，抗金的呐喊声一浪高过一浪。

---

[1]. 出自《宋史》：时世忠妻梁氏及子亮为傅所质，防守严密。朱胜非给傅曰："今白太后，遣二人慰抚世忠，则平江诸人益安矣。"于是召梁氏入，封安国夫人，俾迓世忠，速其勤王。梁氏疾驱出城，一日夜会世忠于秀州。

"杀金贼！杀金贼！"

金军统帅宗弼只好下令回撤，他们运着劫掠来的大量财宝，于二月向北撤返。此时韩世忠正担任浙西制置使，听说消息，他与梁红玉连忙率兵赶赴镇江截击。

宗弼见状，不由得仰天大笑，只觉得这夫妻俩简直自不量力：我金军可是号称十万之众，如今归乡心切，战力更强，而你们领着区区八千水军也敢来拦我？好啊，那就约定日子，痛痛快快战一场吧！

面对战书，梁红玉与韩世忠毫不犹豫地接受。

约定当日，江风肃杀，浩浩荡荡的金兵乘小船飞渡长江，对面正是八千宋军铜墙铁壁般的海船，而逆着风浪出现的身影，正是梁红玉与韩世忠夫妇。两军于江面交战，呐喊声、军令声、战旗声……所有声音都混在一起，江面顷刻变成望不见尽头的血水。

"放箭！放箭！"宗弼厉喝。

金兵齐齐开弓，江面飞箭如蝗，眼看宋军即将乱了阵势，梁红玉的身影冒着箭雨迎上，在拿起鼓槌的那一刻，她眼前烽火连天的战争画面，倏忽间变得清晰，父亲的声音再次响起：

"丫头，这桴鼓可不是随便敲的！开战时主将敲起军鼓，指挥战场，往下逐次传达命令：行军，前进，冲锋……不仅能编排阵形，还能迷惑敌军！

"等你长大，爹领你上前线亲眼瞧瞧！"

爹，娘，我已亲自上了战场，亲自拿起鼓槌，今日我便要为大宋子民杀尽这金贼。

梁红玉双眼猩红，少年时的热血与抱负涌上心头，她重重敲下了第一声战鼓。

皮影戏台，好戏开场，所有的锣鼓乐声都豁然张扬起来，刀马旦敲响急鼓，叱咤水军，骇得那丑角大惊失色，十几次挥旗进攻，皆被宋军拦击于江面，数万大军竟不能渡江！

此情此景，端的正是一出满堂喝彩的千古名戏——

擂鼓战金山！[1]

整整四十八日，金军不得过江，天下为之大震。

---

1. 出自《宋史》：战将十合，梁夫人亲执桴鼓，金兵终不得渡。尽归所掠假道，不听；请以名马献，又不听。挞辣在潍州，遣孛堇太一趋淮东以援兀术，世忠与二酋相持黄天荡者四十八日。

"只要放我们过去，我立刻归还财宝，还赠名马给你们！"宗弼乱了阵脚，慌忙派使者求和，被梁红玉和韩世忠斩钉截铁地拒绝。

不能退！不可退！

这大宋江山，有成千上万的同胞因金兵侵略而家破人亡，如今怎能放这些金贼如愿北撤，安然回到故土？！

宗弼狼狈往建康回撤，却不料又遭遇岳飞强袭，不得不折返长江继续面对梁红玉夫妇，这下变成了两面夹击。

韩世忠下令用大船撞沉金兵渡江的小船，又命工匠制作许多大铁钩，宋军用飞钩钩住敌船，狠狠一拽，小船应声破碎。

威严的急鼓声自梁红玉手中响彻江面，金兵再次溃不成军，渡江失败。

然而，眼看金兵节节败退，韩世忠竟放松了警惕，军中有叛徒暗暗对宗弼出谋划策，教他趁宋军扬帆之际放火箭烧战船，如此便可摧毁船阵。宗弼大喜，挑了个无风天，一声令下，火烧宋军海船。

大船无风，无法行动，被烧成一片惨烈的火海，金兵趁机突破拦截，渡江而去。

韩世忠被迫退回镇江，此役又称"黄天荡之战"，八千宋军拦截十万金兵整整四十八天，可谓奇迹，虽败犹荣。

这事迹很快传遍大宋，打破了"金人不可战胜"的印象，就在一片狂热的欢呼声中，梁红玉折奏疏送朝堂，弹劾韩世忠，以失机纵敌为由，恳请朝廷加罪！

韩世忠从得意中清醒过来，他望向妻子，看清她眼中冷静不熄的烈焰。

大意纵敌，兵家大忌。

韩世忠惊出一身冷汗，他连忙向夫人道歉。

朝廷里那些主和派官员本想弹劾武将，用他战败之事大做文章，却不料梁红玉抢先告了自己夫君一状，这些官员找不到理由，悻悻作罢。而高宗不仅嘉奖了韩世忠，还加封梁红玉为"杨国夫人"，她秉持公正弹劾夫君的事迹也被传为美谈。

重镇

"可叹哪！朝廷向金贼求和，岳将军枉死于莫须有，梁氏夫妇被解了兵权，愤然辞官，归隐山水，以终晚年……"

皮影戏演到结局，那威风凛凛的刀马旦缓缓垂头，引来台下一阵唏嘘之声，更有慷慨激昂者破口大骂秦桧。

梁红玉不忍再看，沉默转身离去。

黄天荡之战结束后，他们夫妻曾奉命驻守楚州，此地经战乱之苦，竟遍地荒凉，二人便筑起新城，练兵守镇，与军民同甘共苦。没有粮食，梁红玉就煮蒲菜分给军民吃，房屋倒塌，梁红玉就亲自织蒲为屋，如此熬过最艰难的岁月，楚州渐渐恢复了往日的繁盛。[1]

十余年来，兵仅三万，而金人不敢犯。

身在楚州，她时常打听岳将军北伐的消息，每当好事传来，她与世忠便饮酒庆祝，彻夜畅聊家国统一后的盛景。

听说，岳飞杀得金兵节节败退，宗弼一路撤退，即将退回黄河以北；

听说，岳飞立下誓言要直捣黄龙，再与诸君痛饮；

——十年北伐，诛灭金贼，家国太平，只差一步了！

倘若如愿，一定要好好祭奠那些枉死的姐妹，倘若如愿，孩子们也再也不必经受战乱之苦，倘若如愿……

她想了很多，还是决定，等天下太平后，先给爹娘烧去一封家书，告诉他们，战争结束了。

然而，在岳飞浴血奋战之际，赵构竟听信秦桧所说的"兵微将少，民困国乏，岳某若深入，岂不危也"，万分恐惧之中，天子竟让岳飞撤军回京，放弃北伐。

箭在弦上，岂能撤军？！岳飞坚持向前，却不料赵构发出十二道加急金字牌，速速命他立刻收兵。

君命不可违，十年功废，毁于一旦！

绍兴十年（1140年），南宋向金国求和，解除岳飞、韩世忠、张俊三位抗金大将的兵权。

次年十二月，岳飞以"莫须有"的罪名被杀害，天下人愤慨不已，梁红玉与韩世忠夫妇据理力争，无法撼动软弱的当权者。眼看朝廷内杀机四伏，两人愤愤辞官，归隐田园。

---

1. 出自《宋史》：六年，授武宁安化军节度使、京东淮东路宣抚处置使，置司楚州。世忠披草莱，立军府，与士同力役。夫人梁亲织薄为屋。

从此，再未得到启用。

皮影戏就此落幕。

话 剧

后人习惯叫她梁红玉。

但其实，她的真名并未被宋史记录在册，久而久之便遗失在岁月里，"红玉"则出现在明朝传奇话本《双烈记》之中。在此之前，她被人们称为"梁氏"，原为韩世忠的妾室，正室逝世后梁氏成了新的正室，在韩世忠传记中出现过几处。

归隐数年，她的耳边仍然时刻迫近着"轰隆隆"的漫天擂鼓声，每当肃杀的秋风猎猎刮起她的衣衫，她都会想起那些故去的战友，她们正逆着风行军，回身招手，唤着她的真名，催她速速披甲上战场，出发去抗金。

在南宋年间的某天，归隐的梁红玉偶然路过民间，看见皮影艺人正上演自己的传奇：乡音、变故、夜奔、战鼓、重镇……落寞的她不忍看完结局，转身离去之际，她突然听见男女老少齐声高喊——

"再演一场《战金山》吧！"

"对，再来一场！"

她惊讶转身，赫然看见一派热闹的景象：皮影艺人来回忙碌，男人们吵着再看一场，女人们嚷着还要看她击退金贼，连怀里牙牙学语的孩子都忘了哭，睁大了眼，痴痴望着那英姿飒爽的小影人儿。

她依稀想起那一幕——

在自己离开楚州那天，突然听见一声清亮的吆喝，她转过身，曾看见满城士兵击鼓相送，打马走出数里，鼓声仍未停歇。而如今，这些乡亲们正翘首企盼着好戏登场，只见沉睡的刀马旦缓缓睁开眼，白幕布豁然大亮，那嗓音浑厚的老生再次开腔：

"擂鼓战金山——开始喽——"

青眼识英雄，寒素何嫌，忆当年北府鸥张，桴鼓亲操，半壁河山延宋祚；

红颜摧大敌，须眉有愧，看此日东风浩荡，崇祠重整，千秋令誉仰淮壖。[1]

---

1. 出自萧娴《梁红玉祠联》。

她一生的故事又在鼓声中徐徐上演。

真至百年，直至千年，贯穿过去与未来，那鼓声响彻于每一次民族危亡的关头。她笑起来，觉得自己当真是看了一场好戏，戏里听见铿锵的锣鼓声，也看见一代又一代的武旦正上演她的传奇，由她亲手敲响的战鼓声，在历史上始终不曾停歇。

真好，不愧是她的同袍。

她背对着锣鼓喧天的皮影戏台朝远方走去，哼着乡歌，悠悠闭眼，仿佛做了好梦一场，在梦中，又见虎门少女练枪时震落的簌簌霜英。

天上有鲲鹏
展翅傲苍穹

统一天下是什么样的体验？

历史问答角

提问：统一天下是什么样的体验？

关注问题　写回答　邀请回答　👍好问题1126　◀分享

@ 始皇帝

签名：知朕者谓朕心忧，不知朕者谓朕何求。

首评。

一旦坐拥天下，你就会变得渴望长生。

你会愈发真实地体会到权力，这江山皆因你的一言而震颤，你会愈发强烈地感受到责任，这历史皆因你的一念而转变。世人会说，这天下只围绕着你一人转，可你何尝不是日夜围着你的天下燃烧心血？

你会感慨，凡人的寿命短暂得可笑，偏偏此生还有太多理想来不及实现。你的帝国还远远未达到构想中的千秋万世，你的臣民还远远不能理解你谋划中的统一王朝，你还不能结束你的征途。

最终，你绝不会想轻易放下它。

你们说，世上没有千秋不灭的王朝？你们说，死亡乃凡间众生的命数？

如今六国皆被大秦扫灭，四海八荒俱是朕一人的天下，可遥想百年前，昔日七雄都有过最强盛的岁月，六国却在短短十年间被朕相继攻下，仅仅是因为秦太强大吗？

不，是因为六国太过信命！

软弱的事物皆顺服于命运，人是如此，国亦如此。他们有的自甘堕落，不愿变法强国；有的安于一隅，妄想侥幸得活。他们以为这天下大势不会转变得如此之快，而我大秦能一步步走到今天，正因为秦人从不信命。

少年时，朕曾清晰地看穿自己原本惨淡的命运，称帝后，朕眼前展开的是天下分裂的命运。所以，朕想让大秦帝国延续万世，再无分裂动荡之忧，再无外敌侵袭之扰！到那时，大秦一定能向大海之外无限扩张版图，成为世界上最强的铁血帝国。

造化不可挡朕，命运不可违朕。

朕相信，这浩荡的山河一定会为朕呈上最终的答案。

赞同 8345　　评论 135　　收藏 29　　喜欢 215

天上有鲲鹏，展翅傲苍穹

嬴 政

文／拂罗

始皇帝三十七年（前210），始皇出游，北至琅邪，梦与海神战。[1]

秦兵的楼船舟师，在翻腾的惊涛骇浪中不断起伏。

漆黑的海面上笼罩着无边无际的雷暴云，闪电一道接着一道劈来，仿佛天神狠狠挥下的长鞭。威武浩荡的皇家舰队，在残暴的大海之上显得孤独而渺小，它们竭力对抗着天地的威压，无数秦兵在甲板上齐力紧握缆绳，收起船帆，不断吆喝着："收——收——动作再快点！莫让大浪惊扰陛下！"

甲板在暴雨中剧烈摇晃，李斯的声音几乎被淹没在骇浪中。

这支大秦水师可谓身经百战，但今夜的风浪凶猛异常，简直像海神发怒，非要掀翻这支守护御驾的船队不可。李斯心中焦虑重重，陛下的病情近来愈发严重，如今已卧床不起，该不会……

---

1. 出自《史记》。

不，不会的！

李斯努力打消脑海中逐渐蔓延的恐怖念头，他勉强站在倾斜的甲板上，继续指挥水师。视线尽头，高山般的漆黑巨浪正朝着楼船缓缓倾来，秦兵们骇然高呼："要翻了——"

此时此刻，已是始皇帝统治天下的第十一年。

六国王宫随着秦兵高唱《无衣》的巍巍之音被尘封，天下成为秦始皇一人的天下。曾经那个低微的质子诞生于赵国邯郸，年少回国继位为王，十年间挥兵席卷六国，最终奋六世之余烈，成为千古一帝，这已是这片土地上人人知晓的故事。

然而，亡国的旧贵族仍在帝国角落里暗暗酝酿着仇恨，严苛的秦律并不能镇压民间四起的怨言，攻灭六国的秦皇很快成为天下人心中的"暴君"。

在后来的记载中，历史上第一位皇帝的欲望仿佛永无止境：他并吞六国后，大秦士兵仍然听从他的指令不断出征杀伐四方，南征百越北击匈奴，大兴土木修缮长城；在步入晚年后，皇帝又开始痴迷于追求长生，他一生曾五次巡游天下，其中三次抵达琅琊台求仙问药。

眼下已是第五次出巡的半路，传说御驾行至琅琊时，四十九岁的嬴政疾病缠身，此时他遇见了多年杳无音信的方士徐福。

徐福说海中有大鲛鱼阻碍着蓬莱海路，倘若以连弩射杀大鱼，便可抵达仙山，求得长生药。

始皇决定出海寻找大鱼，不料病情在奔波中恶化，他病倒在船上。就连大海都阻碍着这位帝王的长生之路，这场突如其来的夜雨让楼船险象环生。

风浪肆虐，秦兵们的呐喊声恍若隔世，徐徐飘入船内。病中沉睡的嬴政紧锁眉头，他做了噩梦，梦中的自己陡然坠入冰冷的海水中，死亡与病痛的阴影竟化作海神的模样，他狞笑着伸出大手，将他拖入海水深处。

"认命吧！人间的皇帝，你寿命将尽！"

难道这就是死亡的感觉吗？

不，朕还有太多的事情没有做完，大秦帝国的宏图大业尚未完成……嬴政的意识逐渐模糊起来，死亡的笼罩让他逐渐忘记了许多东西，什么事情没有做完？秦的大业，又是什么？

他慢慢闭眼。

世间的一切，似乎与自己再无关系了。

一

"不！我绝不甘心！"

少年倔强的呐喊声，如天光刺穿漆黑的层云，惊醒了沉睡的帝王。

轰隆隆的海潮声在嬴政耳边响起，视线逐渐清晰起来，他发现自己竟来到了邯郸小巷。一个瘦削的孩子气喘吁吁地与他擦肩而过，几个赵国市井少年正追着孩子辱骂："秦夷的狼崽子！别跑！"

那孩子衣袍褴褛，长久未打理的长发显得乱蓬蓬，显然是最底层的贫民。或许是被逼得狠了，他突然咬牙一回身，狠狠朝着市井少年举拳砸下，打得对方"哎哟"大叫出声。

孩子眼中爆发出阴戾的凶狠，他一拳接着一拳砸了下去，对方被打得鼻血横流，其余少年被吓得一哄而散："赵政杀人啦！"

赵政？

帝王微愣。

也对，他确实太过熟悉那双倔强的眼睛，在遥远的童年印象里，自己曾凭着这份倔强熬过了无数个愤怒、不甘、孤苦的漫漫长夜——那时的他还是个八九岁的孩子，与母亲相依为命，日日担惊受怕，怕风，怕雨，怕赵国的追兵，好几次险些死去，却又挣扎着活了过来。

他慢慢回想起这孩子身上的经历，继而想起这五百年风雨乱世的历史。

最初，周王室推翻殷商，将土地不断分封给王族、功臣与贵族建立诸侯国，自己则成为天下共主。但分封制注定被新时代淘汰，君臣之情在几代后被遗忘，周王室愈发昏庸衰弱，诸侯王的野心也愈发昭然。

后来，西周被犬戎攻陷，周平王建立的东周失去权威。此后漫长的岁月里，诸侯国不断攻伐吞并，前有春秋五霸，后有战国七雄，那是一个野心比人性更张扬的时代，血流漂杵的战役爆发过无数次，列国百姓的血浸润了大地，而乱世，仍然盼不来铸甲销戈的那天。

苍生悲，黎民苦，莫过于此。

在嬴政降生的时代，数百个小国早已被吞并，只剩秦、赵、韩、魏、楚、燕、齐七国鼎立，这段岁月也被后世称为战国时期。秦国地处偏僻的最西边，早在秦孝公时期通过商鞅变法迅速崛起，一跃成为睥睨诸侯的霸主大国。

而嬴政，他并非在母亲期待的注视下诞生的孩子。

一切要从他的太爷爷秦昭王统治时期讲起，老爷子这一生致力于远交近攻，奈何六国仍然伫立，秦昭王却已垂垂老矣，他不得不考虑继承人。秦昭襄王四十年（前267年），原定的太子去世了，次子安国君意外成了新太子，安国君膝下有二十多个儿子，他们为夺权打得头破血流。

倘若能入父王的眼，岂不就是来日的秦王？

当时，秦赵两国关系紧张，最不起眼的儿子异人被打发到赵都邯郸当质子，过着"居处困，不得意"的生活，在破落小巷里一住就是许多年。异人愤愤不甘心：凭什么大家都是秦公子，自己却只能被打发到敌国当人质？

不久后，来邯郸做生意的商人吕不韦看穿了落魄公子的野心，将其看作奇货。为扶持异人上位，吕不韦重金拉拢安国君的爱妃华阳夫人，说服她收异人为养子。异人因此成为储君，改名"子楚"，暗暗等待机会归秦。

子楚，正是嬴政的父王。

这个孩子的母亲原是吕家的姬妾，真名不详，史称赵姬。

有次子楚与吕不韦宴饮，赵姬献舞，竟被子楚一眼相中，他公然讨要。吕不韦勃然大怒，但想到自己正倾尽家财投资这个"奇货"，撕破脸皮着实不划算，他故作大度，挥手将赵姬献了出去。

十个月后，赵姬诞下一个儿子，取名为政。[1]

郁郁不乐的母亲，终日忙碌的父亲，构成了这孩子最初的童年记忆。因秦王室是嬴姓赵氏，他被人们称为赵政，印象里那条破落的邯郸小巷，狭窄到连车马都难以通行，

---

1. 出自《史记》：秦始皇帝者，秦庄襄王子也。庄襄王为秦质子于赵，见吕不韦姬，悦而取之，生始皇。

这或许铺成了他此生踽踽独行、不能回头的伏笔。

起初尚有少得可怜的阖家之乐，虽然父亲整日与吕先生筹谋大事，但他在母亲照料下尚不必挨饿受冻。赵政一晃长到三岁，所有的天真烂漫，统统都被某夜里的濒死经历击碎。那天，他被赵兵的喊杀声惊醒，满面泪水的母亲紧紧捂住他的嘴，抱起他匆匆逃亡。

"娘……爹在哪儿？"

"你爹和吕不韦一起逃走了！"

原来，秦赵在三年前就曾爆发"长平之战"，秦将白起坑杀四十五万赵军，赵人对秦恨入骨髓。三年后，秦昭襄王又派兵围邯郸，愤怒的赵王下令杀质子，子楚与吕不韦连忙贿赂了守城官吏，两人竟抛下赵政母子，仓促逃回秦国去了。

长夜惊溃，柔弱的母亲紧紧抱着幼子，心惊胆战，东躲西藏。

全城陷入疯狂的动乱，无数追兵高举火把，挨家挨户搜查秦国质子。赵姬抱着儿子匆匆躲进母家，木门被"砰"一声关上，追兵们黑压压的身影奔来，他们气势汹汹地掠过了这座宅邸。

孩子露出惊恐的双眼，心有余悸地望向被火光烧燃的天边，父亲与吕先生逃走的方向，秦赵两军在城墙下交战正酣，厮杀声一浪接一浪震天响。

那年，正是秦昭王五十年（前52年），冬十月。

依靠娘家庇护，母子俩侥幸活了下来。

严厉的命运一次又一次按住这孩子的头，想要逼迫他认命。赵国在邯郸之战中拼死抵抗，虽得魏楚相救，击退秦兵，但举国损失惨重，家家户户皆失父兄。母子俩在赵人喊杀声中隐姓埋名，狼狈不堪。赵政渐渐长成少年，这种不安与多疑影响了他的心性，使这个市井少年变得阴沉好斗。

他没有显赫的家境，也没有亲近的家人，他仿佛只是这世间最悲哀、最卑贱的秦国弃儿，因为常年挨饿受冻的缘故，他生得瘦削而羸弱，唯一的好友只有同为质子的燕公子丹。两个孩子并肩与赵国市井少年们打架，一起上树偷摘果子狼吞虎咽，一起幻想回国后的种种光景。

"若能回国去，你最想做什么？"

"想吃肉，大口吃肉！"燕丹用袖子擦口水，"要是有吃不完的肉就好了……"

"不，仅仅有肉吃怎么够？"赵政攥紧拳头，不顾燕丹惊讶的注视，一字一顿地狠狠发誓，"我还要活得有权力，还要活得有尊严！我要让生杀予夺的大权尽在我的手中，我一定要成为秦国的王！"

听人说，王是权力的化身，是至高无上的赢家，只有王才能翻覆命运。

他实在太想赢，赢过命运，战胜死亡。

一晃，赵政长到九岁，小巷里那些欺辱过他的赵国少年已不再是他的对手，但赵人的恶意仍然无休无止：轻蔑、憎恨、谩骂……就连燕丹都渐渐失去了回国的希望，这倔强的少年却仍然不曾放弃。

所有人都不无轻蔑地声称，赵政注定只是一个草芥、一只蝼蚁、一个弃儿。

可他偏不信命。

二

破落小巷里的童年消散了，嬴政发现自己正在邯郸城门前，随绣着玄鸟图腾的马车徐徐驶入赵都。赵人议论纷纷，说是秦王室派人来接他的家眷……嬴政的记忆渐渐复苏，他想起，那正是当年秦国派来讨要他们母子的使者。

秦昭襄王五十六年（前251年），这孩子的太爷爷驾崩了，咸阳城内挂起白幡，安国君将在守孝一年后正式继位。此时此刻，子楚成了新的太子，他在这里早就有了其他宠妃，宠妃为他诞下一个名叫成蟜的小儿子，父慈子孝，其乐融融。

太子府内，似乎不需要再添什么人了。

然而，将夫人与长子留在遥远的邯郸，终究不是什么好事，子楚决定接他们回国。这一年秋冬交替的时候，赵国迫于威压，遣人找到流落底层的母子俩，客客气气地将他们送上了归秦的马车。

"去吧！你终究是秦人的孩子。"

马车颠簸数月，在九岁的嬴政记忆中，山脉在自己眼底徐徐展开，他终于见识到了一个更为壮观的天下，天空无垠，大地辽阔。对比之下，连秦宫都显得狭窄起来了，这里的王宫虽然华美，却暗藏着更为汹涌的波澜。

在宫里，他见到了阔别多年的父王与吕先生，见到了两位祖母，也见到了被偏爱的弟弟。亲情悄然蒙上一层苦涩，大臣们窃窃私语，王室贵族们优雅的举止谈吐，仿佛都在无声嘲弄着身着布衣的母子俩。

九岁的赵政静静站着，眼底悄然浮现出一丝阴沉的怒意。

没人知道，在归秦后，他究竟花费了多少精力，才慢慢变成一个真正的王储，但骨子里那份倔强被保留下来，它将贯穿始皇帝的此生年月。

春去秋来，死亡降临秦国。

秦孝文王元年（前250年），安国君正式即位三天，因太过激动竟猝然驾崩，下任秦王子楚仅仅在位三年，竟也仓促病逝。命运推着十三岁的嬴政往前走，身形单薄的少年摇身一变，成为大秦的王。

王年少，初即位，委国事大臣。

他须尊称吕不韦为仲父，秦国大小事皆由这位长辈定夺，少年秦王能做的只有继续学习。那些孤独的日子一天天过去，就连母后赵姬都逐渐疏远了儿子，宫廷中悄然流传着绯闻——听说太后与吕相旧情复燃，两人经常偷偷幽会。

嬴政浑然不知。

往后八年里，长久的压抑终究成了少年君王的成长底色，秦宫中，一边是仲父与生母偷情的流言蜚语，一边是少年在铜灯之下埋头苦读的孤独。假如臣服命运，那么他只会成为一个碌碌无为的傀儡君王。

但这少年早已看穿，命运只不过是一种欺软怕硬的东西。

那些年，嬴政必定有过彻夜翻阅古卷的时刻，从那些记载中，他读到了秦人祖先如何一步步从绝望的低谷中爬上来。

古卷里写道：秦人的故乡原本在东方，七百年前，他们的故乡还没有被称作"秦国"，祖先柏翳因治水立功被舜帝赐姓"嬴"，这便是嬴姓部落的由来。后来，柏翳的后裔辅佐商汤灭夏，立下赫赫战功，一跃成为商朝贵族。

商朝五百年，最终亡于纣王，眼看周朝初建，纣王之子发动了"三监之乱"，一支嬴姓族人赫然参与其中，他们渴望重新扶持旧主登临天下。不过这场叛乱以惨败告终，周王室怒不可遏，下令将这个部落远远放逐到最西边的蛮荒之地。

一念之间，他们的命运从此跌落谷底。

在边陲，嬴族日夜与戎人做邻居，为了生存，他们每代人都尽力为周天子养马，请求当权者饶恕祖先的罪过。

这也是后来秦国常常被诸侯蔑称为"秦夷"的原因。

周孝王时期，嬴族的非子终于得到天子赏识，成为不起眼的周朝附庸。非子高兴极了，他以封地为氏，号称"秦嬴"，这便是未来秦国的雏形。

接下来的百年，秦人除了养马之外，还为周天子击退西戎，一代代秦人泼洒着鲜血，踏着同胞们的尸骨，挥刀砍向残暴的戎人。诸侯冷眼以待，没人理解这个落魄的部落为何如此努力，也没人理解秦人为何总是铁血好战。

——他们究竟是在与什么看不见的东西作战？

他们是在举刀反抗自己的命运。

转眼，周幽王被犬戎杀死，西周灭亡。周王室号召诸侯勤王，秦襄公看到了振兴宗族的机会，他立刻率领秦人浩浩荡荡向东进发，将士们杀得犬戎节节败退，并护送周平王迁都，东周得以建立。

周平王感动极了，他封秦襄公为诸侯，将岐山西边的土地赐给他建国，并许诺："那里被不讲道义的西戎人占据，倘若你能杀退他们，那片土地就归你治理！"

至此，秦国终于登上了历史的舞台。

从卑微的奴隶部落开局，经过几百年的奋斗，终于攀爬到与诸侯平起平坐的位置。当祖辈秦王远远眺望地平线时，他们是否会感受到东方的召唤？或许正因如此，秦人不甘生活在荒凉的西垂，他们起初以东征为目标——"大秦子孙，应当饮马于河！"

再后来，秦国的野心扩张到整个天下："杀一人，换一爵！以战止战，一统天下！"

许多年后，秦宫里那位孤僻的秦王政读懂了祖先的嘶吼声，他听见历代先王指挥秦兵东征时那沙哑的声音，少年感受到强烈的共鸣：自己拥有一个何等威武的强国啊！倘若天下在自己掌中，收拢统一，到时究竟该有多么痛快？

九年后。

昔日的羸弱少年长成一位挺拔而深沉的青年国君，即将前往旧都雍城行冠礼，这意味着他将亲政，秦国内部将迎来激烈的权力更迭。一年前，成蟜背叛了王兄，他在攻赵时倒戈，其部下被全部斩首，从此史书中再也没有了他的记载。

年轻的秦王政，以鲜血徐徐拉开了这场背叛与镇压的序幕。背叛，对君王来讲，并不是什么稀奇的事，你的亲人会背叛你，你的大臣会背叛你，你想成为最优秀的王，就要提前做好孤身前行的心理准备。

唯独母亲的背叛，着实超出了嬴政的预想。

眼看秦王政渐渐长大，吕不韦找来门客嫪毐假扮宦官送入秦宫，代自己讨好老情人。几年后，赵姬发现自己竟怀孕了。

这要是传出去，可是让六国嘲笑的宫廷丑闻。

赵姬被吓破了胆，她听从嫪毐的馊主意，假借"秦宫风水不佳"，和情郎搬到雍城诞下两个私生子。在太后容许下，嫪毐势力直逼吕不韦，某次醉酒时与大臣吵架，他居然狂妄地斥道："我可是秦王政的假父，等秦王驾崩，我儿就是新王，凭你也敢惹我？！"

那大臣立刻禀告到秦宫。

至此，秦王惊怒，东窗事发。

愤怒在脑海中不断翻腾，无人敢抬头直视震怒的秦王政，王在怒极时发出几声杀气腾腾的冷笑，反而比他平时那不苟言笑的样子更加令人胆寒。

母亲啊母亲，您真是送了儿子一个震惊天下的成年礼！

他迫使自己冷静下来，计上心头——

四月，上宿雍。

己酉，王冠，带剑。[1]

趁秦王政居于雍城时，嫪毐从赵姬手中拿到太后玺，一举率兵叛乱。年轻的嬴政按剑俯瞰着黑压压的叛军，他觉得，这一切像极了儿时在邯郸城见过的场面，母亲曾抱着

---

[1] 出自《史记》。

年幼的他东躲西逃，而这一次，母亲选择站在自己的对立面。[1]

"杀。"

秦王口中缓缓吐出这个清晰的字。

顷刻之间，局势倒转，杀气腾腾的三千伏兵从四周冲出，提刀砍杀叛军，将雍城化作一片血河。

嫪毐大惊失色，转战咸阳宫，再次被秦兵击败，他只身逃往民间，不久后便被捉拿入狱，车裂示众。

赵姬被嬴政关进雍城萯阳宫，过了数月才在群臣劝谏下被勉强接回，两个孽子则被他下令活活摔死，母子关系从此破裂。

直到这时候，年迈的吕不韦才意识到，他要面对的不再是昔日羸弱的孩子，而是秦国的王。

年轻的王拥有深谋远虑的才能、吞并天下的野心，他即将夺回属于自己的权力。

果然，嬴政在次年罢免了仲父的官职，将其流放到荒凉的蜀地，并写信问责：

"你有何功劳于秦？秦国竟赐你食邑十万户，你与本王有什么血缘关系？竟敢号称寡人的仲父！"[2]

吕不韦深知秦王不会饶恕自己，遂饮毒自尽。

那年，正是秦王政十年（前237年）。

在嬴政的记忆里，自己以悲壮的心情、杀伐果决的手段，在重重杀机里结束了成年礼，成为大秦真正的主人。接下来自己的目标，便是继承历代先王之大愿，谋取六国，吞并天下。

三

楼船倾斜，在秦兵们骇然惊呼声中，滔天巨浪涌起，砸得船板发出剧烈的破碎之音。

久病的帝王仍然闭目沉睡着。

---

1. 出自《史记》：长信侯毒作乱而觉，矫王御玺及太后玺以发县卒及卫卒、官骑、戎翟君公、舍人，将欲攻蕲年宫为乱。
2. 出自《史记》：秦王恐其为变，乃赐文信侯书曰："君何功于秦，秦封君河南，食十万户？君何亲于秦，号称仲父？其与家属徙处蜀！"吕不韦自度稍侵，恐诛，乃饮鸩而死。

嬴政已经很多年不曾因母亲的事而叹息了，视线渐渐朦胧，旋即再度清晰，他发现自己竟来到了章台宫外。夕阳西下，梦中的宫人们匍匐着迎接陛下归来，嬴政平静地摆手屏退他们，背影孤独而威严，他独自穿过重重光影，亲自推开沉重的大门，吱呀——

这座宫殿，承载着所有征战天下的记忆。

那注定是一段充满征尘的岁月。

嬴政深知这世道早已糜烂不堪，唯有点燃最盛大的烈火，将一切烧个干净，建立起新制度，方可置之死地而后生。

虽说六国已被代代秦王削弱得元气大伤，但如果要同时攻打六国，也绝不是轻松的儿戏。他决定采纳李斯和尉缭的进谏，沿用秦昭王定下的"远交近攻"策略。

何谓远交近攻？

即"结交远方的国家，进攻相邻的国家"，防止六国再度结盟，好让秦兵蚕食周边土地，直至吞并天下。按计划，秦使也将贿赂各国权臣，干扰他们的国策，待敌人自乱阵脚，秦国再出兵，岂不易如反掌？

倘若遇到腰杆直的六国官员，不肯接受秦国贿赂，那也好办。

杀之即可。

天地肃杀，在年轻的秦王手中，一枚玄色的骨质枭棋正徐徐放入棋盘，章台殿内云淡风轻地响起那么一声，空旷而悠远，四合立刻回荡出震天的轰隆隆杀声——

蓖蔽象棋，有六簿些。[1]

秦王政十七年（前230年），秦将内史腾率兵攻韩国，地盘最小的韩国很快被灭，韩亡。

隔壁的赵国乃强国，士兵皆骁勇善战。嬴政曾在十三年时率先对赵出兵，不料被赵将李牧大败。秦王政十九年（前228年），他先利用反间计骗赵王除掉李牧，秦将王翦攻至邯郸城，赵亡。

嬴政亲自前往邯郸，平静地下令坑杀昔日欺辱过他们母子的人。那日，听着震天求饶声，秦王政感觉自己内心缺失的部分正渐渐被复仇的快感填满。

六年后，秦将王贲攻灭代地残余赵军，俘虏了落逃的赵公子嘉，斩断了赵国余下的

---

1. 出自《楚辞·招魂》。

气数。

分曹并进，道相迫些。[1]

秦王政二十二年（前225年），见魏都大梁城易守难攻，王贲水淹此城，整整三个月，城墙轰然崩塌，魏王假出降，魏亡。

同年，年轻的秦将李信声称二十万大军即可灭楚，却大败于楚将项燕的突袭，成了秦灭六国之战中极少数的败绩。嬴政立刻反思自己骄傲自满的心态，他亲自去请老将王翦出山，命其率六十万秦兵浩浩荡荡地伐楚。

楚人具有强烈的故土情结，他们拼死抗秦，王翦则以逸待劳，趁楚军松懈之际发动进攻。秦王政二十四年（前223年），楚都寿春被攻破，楚亡。

成枭而牟，呼五白些。[2]

虎狼之师一步步席卷大地，六国未意识到，扫灭他们是大秦的既定方针，秦王政正是要在自己这一代彻底以战止战。

猎猎西风扫过衰草，风里隐隐传来秦兵高唱《无衣》的声音，有一位年轻的燕国太子猛然意识到了这个事实，他立刻陷入终日惶惶的恐惧当中。

那便是嬴政的儿时好友，燕太子丹。

当年，燕丹也回到了故乡，由于燕王喜仍活着，他始终不曾即位为王。燕国乃小国，在秦王政十五年（前232年），燕丹又被父王遣去咸阳再度当了卑微的质子。

彼时的嬴政早已成为一个野心勃勃的国君，面对童年唯一的好友，强国之君的心境早已改变。或许他打心底厌恶着那段屈辱的岁月，又或许燕丹始终听不懂他口中的志向，总而言之，秦王对其不善，燕丹含怨逃回国内，开始谋划刺秦。

秦王政二十年（前227年），风萧萧兮易水寒，荆轲上演了震惊七国的刺秦事件。嬴政震怒，下令攻燕，燕王喜慌忙杀太子献首级以求和，但未能阻止秦兵愤怒的步伐，燕都蓟城被攻破，燕王室逃到辽东苟活。

秦王政二十五年（前222年），灭魏楚后，嬴政顺手灭了辽东，燕亡。

昔日六国，还剩下最遥远的齐国。

---

1. 出自《楚辞·招魂》。
2. 出自《楚辞·招魂》。

"天下即将归秦，寡人与诸君宴饮同乐！"

秦臣贺喜，嬴政破天荒下令"天下大酺"[1]，此番提前聚饮庆祝，并非因轻慢得意，而是因为嬴政压根不曾把齐国放在眼里。

这十年战争期间，像燕国这等小国尚且在绝望中暴起刺秦，而昔日的北方大国竟然始终被强秦的"远交近攻"方针迷惑，冷眼旁观别国的灭顶之灾。

秦王政二十六年（前221年），秦兵攻齐，齐王建愿做五百里封君，不战而降，齐亡。

齐王建巴望着嬴政赐他"五百里封地"，殊不知他这软弱的姿态只会沦为秦国上下的笑柄，他们可是以威武铁血闻名的秦人，怎会垂怜一个可笑的弱者？嬴政轻描淡写地下令，将齐王建囚于共地松柏林，给了他承诺的"土地"。

末代齐王被活活饿死在松柏间，以荒谬的方式结束了秦扫六合的战争。

秦皇扫六合，虎视何雄哉！挥剑决浮云，诸侯尽西来。[2]

六国杀声歇止，焦土百废待兴，秦王政成为这天下唯一的主人。

经过三千多个日夜筹谋，嬴政不再是昔日的青年君王，十年灭六国看似迅速，其间究竟有多么劳心神，只有三十八岁的嬴政自己才能体会。故而每征服一个地方，他必定亲自御驾前往巡视。

那年，嬴政以赢家的姿态，俯瞰着他的江山。

在那些被称为亡国焦土的地方，正回荡着六国子民的哭声，如今他们已被划为大秦的子民。哪处曾是三闾大夫屈原眷恋过的郢都？哪里曾是韩国公子韩非辩论时待过的学堂？项燕留下的孩子如今又在何处颠沛流亡？

新与旧的碰撞，悲与乐的交织，旧贵族的累累仇恨，新帝国的冉冉升起，时代激流中铸出了华夏历史上最早的大一统王朝——秦朝。

因自己的功绩"德兼三皇，功过五帝"，嬴政自称皇帝，这两个字从此成为封建王朝最尊贵的称号。皇帝要如何统治天下？群臣请求沿用分封制，唯有廷尉李斯力排众议，坚持将天下划分为郡县。

嬴政一句定音：

---

1. 出自《史记》：二十五年（前222年），大兴兵，使王贲将，攻燕辽东，得燕王喜。还攻代，虏代王嘉。王翦遂定荆江南地；降越君，置会稽郡。五月，天下大酺。
2. 出自李白《古风·秦王扫六合》。

"天下人苦战争久矣,正是诸侯惹来的祸乱!如今天下初定,又复立诸侯国,岂不是给自己树敌?想要长治久安,帝国必须统一,廷尉所言极是!"[1]

倘若分裂乃是这片大地的命运,朕偏要反抗这命运不可。

"朕为始皇帝,后世以计数,二世三世至于万世,传之无穷!"

作为历史上第一个统一王朝,秦朝面前尽是茫茫迷雾。始皇帝夜以继日地批阅公文,事无巨细,甚至达到"上至以衡石量书,日夜有呈,不中呈不得休息"的程度。

他推行三公九卿制度,将天下划为三十六郡,大秦帝国轰隆隆运转起来。车同轨,书同文,行同伦,统一度量衡,大兴土木的"叮叮当当"之音不休,自咸阳延伸出一条条驰道与直道,连成四面八方的帝国血脉。

统一如此重要。

嬴政眺望着崭新的天下,他的目光仿佛跨越漫长的时空,看到岁月滚滚向前,秦帝国最终迎来繁荣的盛况:所有的马车都畅通无阻,条条大路都四通八达,全天下的子民都书写着同样的文字,交易着同样的秦半两……到那时,黔首皆成一家,七国后裔都能互道一声同胞。

这一切改变,都将从朕开始。

始皇帝从未停止过统一的征途。

中原虽然归秦,但岭南依然生活着许多古越族,他们被称为"百越"。秦王政二十八年(前219年),嬴政命大将屠睢率五十万秦军攻打百越,将士们分兵五路,深入丛林,在恶劣的气候环境中浴血奋战,历经五年,终于征服百越之地。

从此以后,岭南成为中原王朝密不可分的一部分。

秦王政三十三年(前214年),匈奴在北境对中原造成威胁,嬴政派蒙恬出击,一路势不可挡,将匈奴远远逐出边塞七百余里。他们对始皇帝的威武闻风丧胆,整整十年不敢再南下进犯中原。

不,这还不够!

---

1. 出自《史记》:始皇曰:"天下共苦战斗不休,以有侯王。赖宗庙,天下初定,又复立国,是树兵也,而求其宁息,岂不难哉!廷尉议是。"

在嬴政的宏大构想下，秦赵燕三国的城墙应该连起，连成一条绵延万里的长城，作为攻守兼备的军事要塞，它将永远横亘于大秦的疆域边陲，作为中原民族最古老的守护神，守护帝国千秋万代。

黄尧舜禹、夏商周朝、春秋战国，它们都在无休无止的分割中重蹈覆辙，倘若没有秦朝统一天下的功绩，历史或许终将走向分裂，化作欧亚板块上大大小小的国家。秦始皇打造了一艘名为"秦朝"的帝国巨轮，由他亲自掌舵，在历史的迷雾之海中坚定地开辟前路。

历朝历代如云烟，掌舵者不断变换，唯独家国统一的信念丝毫不曾动摇。

四

"船要翻了！"

楼船外再次响起秦兵们的骇然高呼声，船内的帝王沉浸在大半生前的往事之中，如此波澜壮阔，如此令人怀念。

在谁也察觉不到的角落里，死亡的阴影化作一只漆黑的大手，企图夺走他的性命，迫使他永远臣服于恐惧——

嬴政曾以为，自己的理想将一往无前，冰冷的现实却总是逆浪而行。

五百年春秋战国的大乱世，以大一统王朝的建立作为结局，大秦帝国与嬴政一同伫立于历史激流的拐点，以沉默而威武的姿态，接受着所有滔天的质疑。昔日六国，各有兴衰，楚燕齐八百年，韩赵魏近两百年，他们早就发展出各自的文化风俗。如今秦朝将天下人归为黔首，以秦律约束他们，必然引起数不清的怨愤。

车可同轨，书可同文，制度也可统一，唯独民心最难收拢。

十一年过去了，日夜操劳使嬴政的鬓发过早染上霜白，他的诸多努力甚至退让，无一不以失望告终。

起初，他想要包容百家学派，实现思想统一，于是设"博士"之职，招揽六国学者。不料这些博士入朝后丝毫不买账，对嬴政的理想冷眼观望。

为了大秦发展，嬴政决定忍下来。

面对诛灭六国的君王，面对口中不知所云的"统一王朝"，那些人纷纷选择站在他的对立面。有一回，嬴政登泰山封禅，被大暴雨淋了个狼狈，儒生们听说后竟纷纷"讥之"。[1]

嬴政沉默着。

妄言如逆风，嘲讽如浪潮，不断挑战着他的耐心，始皇帝三十五年（前212年）时，随着一场热闹的御宴，表面维持的君臣和睦终于被撕破。

仆射周青臣出席，赞颂陛下的功绩："他时秦地不过千里，赖陛下神灵明圣，平定海内，放逐蛮夷，日月所照，莫不宾服。以诸侯为郡县，人人自安乐，无战争之患，传之万世。自上古不及陛下威德！"

嬴政大笑。

君臣宴饮，其乐融融。

就在此时，齐人博士淳于越突然迈出席间，摇头晃脑，高声进言："商周能统治千年，都是分封功臣的原因，陛下您不用分封制，来日祸乱起，谁能来救您呢？不效仿古人经验却能长久统治的王朝，我闻所未闻，他们今日当面奉承以加重您的错处，不是忠臣啊！"

皇帝错愕，众臣哗然。

淳于越的发言，代表着大多数人的真实态度：大一统王朝乃是闻所未闻，秦已攻灭六国，成为媲美商周的王朝，为何唯独皇帝您如此贪心，独揽天下却不分给任何人？莫非，秦朝想用十多年的统治，来撼动上千年根深蒂固的古老制度吗？

除了李斯等少数人之外，没人能理解嬴政真正想要什么。

不多时，许多博士接连站出，请求陛下恢复分封制，而李斯冷冷地驳斥众人，斥得淳于越无话可说。原本欢乐的宴饮转眼变得闹哄哄，嬴政沉默着，他最后的耐心被消磨殆尽，长久以来被压抑的愤怒与失望，正反复拷问着他的灵魂。

再忍耐下去，真的值得吗？

不值得。

绝不值得！

自己满怀期待，亲手掌着船舵，想要开辟一片前无古人的新土地，这些人竟然嚷着

---

1. 出自《史记·封禅书》：始皇之上泰山，中阪遇暴风雨，休于大树下。诸儒生既绌，不得与用于封事之礼，闻始皇遇风雨，则讥之。

要回去，要驶回那片燃烧了五百年的焦土。

最后，这场闹剧止于始皇帝忍无可忍的暴喝，嬴政终于决心同意李斯的看法，想要天下大同，需先统一思想：

"非秦记，皆烧之！"

命运不准任何人违逆古老的制度，而朕，非要以一己之力撼动它！

五

整个大秦帝国燃烧着盛大的烈火，始皇帝的罪名记载又重重添了一笔。

这满目火光，仿佛帝王胸中积攒的怒火，从当年灼烧至今日。

眼下千钧一发，楼船即将破碎于骇浪的撞击中，垂危的帝王也即将被死亡吞噬，嬴政的意识被抽离出记忆往事，海神将他拖向无边的海底深渊。就在他狞笑着将要得逞的前一刻，沉眠的人间帝王突然睁眼，猛地抬起手臂，重重一把扼住海神的咽喉："是不是很后悔，让朕重走一遭这半生回忆？"

他全都想起来了。

他曾是邯郸城里最落魄的孩子，也曾是大秦宫最孤独的少年，命运一次又一次推着他去往最晦暗的方向，而他亲手扼住命运的咽喉，将它一次又一次生生扭转过来。

自己还不能死。

大秦王朝倘若失去掌舵人，恐怕它将在烈火中衰亡。当年，四十多岁的嬴政逐渐感受到身体的衰弱，他将目光转向传说中的长生之法，哪怕被天下人嘲弄也在所不惜："命运要置朕于死地，朕必直面迎战命运！"

这个庞大的帝国需要延续千秋万代，自己也需要永远镇守这片辽阔的疆域，浩浩荡荡的御驾沿着驰道飞驰，无坚不摧的船队逆着狂风出航，它们将载着帝王去往天涯海角。

如今，大秦的楼船舟师，终于载着它的主人抵达了这片波涛汹涌的海域，梦魇中的海神未能夺走千古一帝的性命，他不断嘶吼惨叫着，被嬴政扼杀于漆黑的深海之下。

楼船中，久卧病榻的帝王终于睁开双眼，与死亡对视，发出一声冷笑："说朕天命将至？可惜，朕从不认命。"

暴雨顷刻歇止。

甲板上传来众人劫后余生的欢呼，浑身湿透的李斯擦了把冷汗，他似乎心有所感，连忙转身匆忙地"咚咚咚"朝着船内跑去。

不多时，里面传出李斯惊喜的喊声：

"陛下醒了——"

六

在群臣簇拥之下，帝王大步迈出船舱，举目眺望着远方。

视线尽头，黑夜正如巨鲸般缓缓游来，它将白天里的赤光晓日统统吞入腹中，只吐出一点零星的月光，笼罩着疆域万里的大秦王朝。嬴政想起那个传说，只要射杀大鱼，便可抵达蓬莱仙山，获得那长生的仙药。

这缥缈的传说究竟是真的，还是假的？嬴政其实并不在意。他清楚地感受到，当年扫灭六国的野心仍然在他的胸膛里有力地跳动，他已战胜了死亡一次，前方还有无数艰险的迷雾，正等待着他直面应战——"出发吧，去蓬莱！"

七

乃令入海者赍捕巨鱼具，而自以连弩候大鱼出射之……

至之罘，见巨鱼，射杀一鱼。遂并海西。[1]

后来，大秦燃烧着短短十四年的光辉，迅速消失于历史尽头，而始皇帝被葬在骊山陵下。这位帝王仍不曾屈服于死亡，他的陵墓坐西朝东，他的魂魄永远镇守着他所眷恋的山河。

秦是夕阳，也是晨曦。

大秦虽亡，它却为后世点燃了家国统一的薪火，让国家统一的观念深深扎根于世人内心，点亮汉朝，照耀盛唐，震醒两宋，鼓舞大明……一代又一代的人们在长城上放声嘶吼，在血海中保卫家园。

---

1. 出自《史记》。

我们的民族从不顺服命运，我们将命运牢牢掌握在自己手中。

越来越多的身影共鸣着始皇帝当初的理想，来自远方的长风吹刮着他沉眠的皇陵和这片深厚的山河，终于拂过万重群山，穿过千古江河，为这场长生大梦徐徐吹来了数千年后的回答——薪火相传，千秋万代，永不磨灭。

云边雁断胡天月
陇上羊归塞草烟

思念至极是一种什么样的体验？

历史问答角

提问：思念至极是一种什么样的体验？

关注问题　写回答　邀请回答　好问题1126　分享

@北海牧羊人

签名：如果看见我出现，请反复提醒我，我的名字叫苏武。

我做了一个梦。

在梦里，我不再是北海的牧羊人；

在梦里，我成了老家大院里最天真的孩子，每天与长兄幼弟一起听故事，父亲正讲到大将军卫青趁夜奔袭匈奴的那一段；

在梦里，我成了长安城里最快乐的少年子弟，长安城有闾里一百六十户，室居栉比，门巷修直，我与故友李陵在大街小巷穿梭，结伴去追逐南飞的大雁；

在梦里，我成了陛下身边最受器重的侍郎，奉陛下之命出使塞外，不辱使命，杀身成仁。我的魂灵飘回故国，见证汉军气吞万里，见证帝王开疆辟土，见证大汉的威名传遍四面八方，明犯强汉者，虽远必诛。

说来有趣，分明都是同样的场景，我却已梦见了千千遍，分明都是同样的人，我却已在梦里追寻了他们万万遍。

这个梦的名字，一定就叫作思念。

我常想，如果梦能够实现的话，我的同胞，他们就再也不需经受外敌侵扰之苦，而我的同僚，他们往后也无须像我这样，在冰天雪地里牧羊十余年，不知何年才能返乡了吧。

噢，有人问我，为什么我的 IP 显示异地登录？其实我只是一介出使匈奴的使者，我的名字默默无闻，实在没有向诸位诉说的必要。这篇回答，就当是我这个置身异乡的塞外游子，在某个放羊的早晨随手写下的倾诉吧。

赞同 2982　　评论 673　　收藏 28　　喜欢 442

苏武

文／拂罗

云边雁断胡天月，陇上羊归塞草烟

苏武手握旄节，迎着大风，在北海最高的山坡上静静站立着。

已不知过了多久。

当大雁飞过漫天的霜白，当长风掠起满地的枯草时，苏武突然想起这是自己出使匈奴的第十二个年头。近年来，他愈发羡慕那些南飞北归的雁了，或许它们能带自己回到梦魂萦绕的大汉去，去看看长安城是不是比记忆里更陈旧了几分。

云边雁断胡天月，陇上羊归塞草烟。[1]

不知从何时起，他已经习惯了在北海放牧的流浪生活，在这片人迹罕至的茫茫天地，每当过了九月，气候就立刻变得异常恶劣，风雪呼号，一阵又一阵向着大地席卷。眼下，成群结队的大雁正向着温暖的南方飞去，多年放牧的经验提醒苏武，自己也该趁着日落之前，领着羊群躲进帐篷或山洞中避寒去了。

---

1. 出自温庭筠《苏武庙》。

羊儿们在他身侧咩咩叫个不停，但苏武仍静静伫立着，好似万丈霞光里凝固的一尊塑像。

李陵还没来，他还不能走。

今早，听几个偶然来北海打猎的胡人说，部落里尊贵的"右校王"李陵即将来北海探望他这落魄的牧羊人。他们说，匈奴兵生擒了几个军中的活口，李陵动身这样急，想必是听汉人俘虏带来了什么非比寻常的消息，须立刻告诉苏武才行。

究竟会是什么消息呢？

是陛下挥师打了胜仗？这是不是意味着自己终于能回大汉了？苏武隐隐觉得，这想法似乎太过美好，美好到自己不敢相信。莫非是李陵这些年还不死心，还想劝自己投降单于吗？

万种思绪，搅成一团。

他极目眺望，迟迟没盼来李陵的身影，羊儿们却始终簇拥着自己。这些小生灵就像火炉，苏武不知不觉依偎着羊群慢慢地睡着了，他眼前浮现起长安城内年年入冬后燃起的炭火盆，如此温暖，如此熟悉。

于是，苏武再次做了那个梦，关于故乡的梦，关于前半生的梦。

"小子们，若有机会，你们一定要亲眼见见卫青将军杀胡虏的风采！"

两鬓霜白的苏武不会忘记，自己出生于杜陵县的一户武将之家，排行老二，字子卿，兄长幼弟的名字分别叫苏嘉和苏贤。兄弟三人最崇拜父亲苏建，因为从童年到少年的记忆中，父亲屡次跟随大将军卫青出击匈奴，奋勇拼杀，被陛下册封为"平陵侯"。

"你们兄弟，生是大汉的人，死是大汉的鬼！"父亲的训话掷地有声。

汉人与匈奴贯穿百年的深仇大恨，如同始终萦绕在耳边的嘶吼，每个出生在这里的孩子，都必定听过长辈咬牙切齿地讲述这段血泪史：早在大汉建立之初，匈奴就时常侵扰大汉土地，烧杀掳掠，无恶不作。高祖刘邦曾亲率大军出击匈奴，不料反被围困，费尽力气才得以脱身。

这段屈辱的历史，也被称为"白登之围"。

汉高祖意识到国力弱小，尚需韬光养晦，从此几代天子都不再轻易出兵匈奴，年年送出大批财物，用和亲来维持表面上的和平。纵然如此，匈奴仍不减猖獗，年年南下劫掠，边关苦不堪言。

在代代汉军的眼中，匈奴强悍，不可战胜；

在匈奴单于的眼中，汉朝软弱，不堪一击。

当父亲苏建第一次讲起这段屈辱史的时候，苏武年纪尚小，攥紧拳头："可是……要忍辱负重到哪一日，我们才能反击？"

"快了，"父亲笑了，用力拍拍小苏武的肩膀，"陛下英明神武，不会让历史再重演。"

父亲口中的"陛下"正是刘彻，由于前几代帝王推崇"休养生息"的治理政策，如今汉朝国力雄厚，已然迎来了迎头反击的好时机，刘彻发誓灭胡，派卫青出征——

汉为天下宗，操杀生之柄，以制海内之命，危者望安，乱者卬治！[1]

苏武不禁暗暗发誓要将匈奴逐出漠北，他心中的真正的理想是彻底消灭胡人，让汉族永世不再遭受外敌侵扰。

少年苏武曾目睹长安城内万民迎接将士凯旋的盛况，大将军卫青打破了汉人心中"匈奴不可战胜"的阴影，而苏家三兄弟的父亲，正是随军凯旋的其中一员。

那是何等的威风，何等的自豪！

凯旋的消息传遍大街小巷，汉人的孩子再不畏惧战场，他们渴望长大后为国出征。怀着这份热血沸腾的理想，苏武由少年长成一位英俊稳重的青年郎，他与兄弟皆受父荫为侍郎，成了陛下的侍从。

而后，苏武的整个青年岁月都在长安城度过。

在丝绸之路的起点，流传着英雄们的故事：骠骑将军霍去病打通河西走廊，封狼居胥、饮马瀚海，成为无数青年追捧的对象；博望侯张骞从西域归来，他被匈奴扣留十余年，却誓死不降，这也成为苏武心中最震撼的事迹之一。

倘若真有名垂青史的机会，自己会以哪种形象留在后人心中？苏武暂时得不出答案。那时，他在京城有一位同为侍中的好友，名叫李陵，字少卿，二人常常坐在阶前漫谈理想。

"我以后一定会成为大汉最出名的神将！比我爷爷李广还出名！"彼时李陵意气风发的笑容，在苏武记忆里挥之不去。

---

1. 出自《汉书》。

"子卿，你就等着我的好消息吧！"

当时年少。

李陵问苏武的理想，而苏武只是笑笑，他仰头望向长空，看见一行大雁正往北飞去，便问李陵："少卿，你说，大雁为什么年年都要飞来南方呢？"

"当然是为了过冬，哪里暖和，它们就往哪里去。"李陵不假思索。

"可是，听说北方才是大雁的故乡，究竟有什么信念支撑着它们，不惜跋涉千里也要从南方飞回北方去呢？它们好像这辈子都在追寻故乡。"

"这……"李陵语塞。

多年后，当立场截然不同的两个人再次重逢，苏武仍然寡言，李陵仍然健谈，听着帐篷外呼啸的北风，穿着一身胡袍的李陵痛饮三大杯烈酒。

他对苏武说，他当时其实听懂了好友的话语，他曾以为自己也会是归乡的雁，到头来，自己却只活成了一只追逐着温暖、永生无法落地的候鸟。

那场谈话结束不久后，李陵就得到陛下的赏识，他率八百骑兵深入敌境，长年驻扎在酒泉、张掖地带，教习射术、镇守边陲。

而苏武则升任栘中厩监，这是一种负责掌管鞍马鹰犬的官吏，并不显赫，但陛下对苏家已足够开恩——元朔六年（前123年）时，父亲苏建战败归逃，按律当斩，所幸交钱赎了罪，才改贬为庶人。

与意气风发的李陵不同，苏武恪守本职，倘若不出意外，他或许会安于现状，默默活完这辈子。

长安城内，岁月如梭，一晃又过了十几年。

天子不断派霍去病讨伐匈奴，使得"幕南无王庭"[1]，但单于势力还未被彻底消灭，霍去病却溘然去世，灭胡计划遗憾中止。后来这些年，汉朝目标一转：灭南越、平西羌、征大宛……经过十余年的战争，终于使诸国畏服。

然而令人意料之外的是，在大汉征战的这十余年里，匈奴野心膨胀，竟敢卷土重来。

刘彻大怒，下令攻胡。

---

1. 出自《史记》：是后，匈奴远遁，而幕南无王庭。

这位帝王胸中仍然涌动着"灭胡"的壮志，但他派去灭胡的汉军皆以失败告终，胡汉在战争中双双损失惨重，局面霎时陷入僵持，就连大汉的使者郭吉、路充国等人都纷纷被单于扣留。

刘彻立即下令，也扣留匈奴使者在汉朝。

双方各自扣留了十几批使者，天汉元年（前100年），匈奴内部权力更迭，且鞮侯单于即位了。这位新单于一反常态地写信讨好刘彻，低声下气称"汉朝天子是我的长辈啊"，还释放了路充国等人，颇有主动建交的意思。

刘彻心情大好，与群臣商议："这群胡虏，何时如此懂事了？既然如此，朕就给他们一个面子，释放那些匈奴使者回去吧！"

那么，谁能担此重任，持节出使匈奴呢？

帝王的目光，终于投向了一直默默无闻的苏武。

此时苏武已年过四十，他沉着地侍奉在皇宫内，给刘彻留下了不少好印象，岂不正是带领使团远赴边塞的最好人选？

"苏子卿，朕封你为中郎将，就由你负责这次建交吧！"

从这一刻起，苏子卿的名字与风雪，与岁月，与整个大汉紧密相连。当苏武从群臣中缓缓迈出，双手接过陛下递来的节杖时，他的掌心立刻感受到沉甸甸的重量。

"臣，定不辱使命。"

见旄节如见天子，手持此杖的使臣一言一行都将代表自己的国家。当苏武紧握着那根崭新的旄节，一步步迈出建章宫时，群臣都以为，随着两族关系缓解，这仅仅是一次再平常不过的外交任务。

这一年，苏武带领副中郎将张胜、使臣常惠及随行者一百余人，车上载着祝贺且鞮侯单于即位的贺礼，挥手辞别妻儿家眷，踏上了这条不归的漫漫长路。[1]

出关前，微风里，苏武仍然记得，自己曾对故土最后深深回望过。

千里迢迢，抵达塞外。

---

1. 出自《汉书》：天汉元年（公元前100年），且鞮侯单于初立，恐汉袭之，乃曰："汉天子，我丈人行也。"尽归汉使路充国等。武帝嘉其义，乃遣武以中郎将使持节送匈奴使留在汉者；因厚赂单于，答其善意。武与副中郎将张胜及假吏常惠等募士、斥候百余人俱。

大营内的匈奴斜眼看着苏武一行人,目光中甚至带着几分傲慢嗤笑之意。

原来,单于讨好汉帝只是权宜之策,眼看自己刚刚即位,地位不稳,他唯恐那位好战的汉天子趁机出兵,这才假惺惺地写了那封信。如今,见使团过来送礼,他料定汉朝不会来攻打自己的部落,便倨傲起来。

回到歇息处,众人义愤填膺,以张胜为首,你一言我一句地议论如何扳回面子,唯独苏武不为所动,他仍然保持一贯的沉着,但落在张胜眼中无疑变成了一种软弱。

"他苏子卿是个窝囊废,我张胜可不是!"

在苏武不曾看见的角落里,一场密谋正悄然展开——

恰逢匈奴缑王与虞常意图谋反,计划绑架单于的母亲妻子,然后携功劳投奔汉朝。原来,缑王原是归汉的胡人,后来兵败被俘,这才被迫投降匈奴;而虞常是叛汉将领卫律的属下,和缑王同样"身在匈奴心在汉",两人一拍即合,决定干票大的。

张胜乃是虞常的旧识,虞常将计划悄悄说给老友,张胜立刻脑子一热,入了伙,但他万万没想到,计划还没实施就被叛徒泄露了出去!

单于大怒发兵,缑王战死,虞常被捉。

听说单于派卫律审理案子,张胜傻了眼,眼看纸包不住火,虞常迟早会供出自己,他终于将参与叛乱的事告诉了苏武。[1]

望着张胜那张惊恐的脸,苏武突然想起年轻时家中那场变故:父亲当年兵败逃回大汉,故此再无资格返回战场,最后落寞逝于代郡太守任上,那份独活的痛苦与悔恨折磨了父亲一辈子。如今,自己身为儿子,怎能再让国家失望一回?

事发前夜。

苏武缓步迈出帐篷,望着明亮的圆月,他清晰地意识到,自己恐怕很难再活着回故乡了。他曾想过自杀不受辱,却被张胜与常惠拦了下来。不久后,张胜果然被供出,单于勃然大怒,欲杀掉这些汉使,却因属下的话改变了主意。

"大王不妨劝他们投降,岂不更妙?"

单于一想,言之有理,遂派卫律召苏武过去,却不料苏武眼神冷漠如冰,拔出佩刀,

---

1. 出自《汉书》:后月余,单于出猎,独阏氏子弟在。虞常等七十余人欲发,其一人夜亡告之。单于子弟发兵与战,缑王等皆死,虞常生得。单于使卫律治其事。

冷冷出声："屈节辱命，纵然活着，又有何面目以归汉！"

说罢，竟以佩刀自刺。

卫律大惊失色，连忙一把抱住苏武。当胡人医生匆匆赶到时，苏武近乎气绝，他于弥留间听见陛下的嘱托，听见父亲的叹息，听见常惠的哭泣声。他心中有千种对妻儿的思念，有万股对故土的不舍，唯独没有后悔——

杀身成仁，以命示忠！

但命运没有让苏武死在这里，噼啪的火光与胡医叽里咕噜的匈奴语，渐渐唤回了苏武的意识。那胡医正将苏武放在火坑旁，不住敲着他的后背，一下又一下，让淤血流出。

"大王敬佩此人的骨气……"他听清那些人用胡语议论着。

苏武的伤渐渐好转。

单于再派卫律召来苏武和张胜，一同审处虞常。营帐内杀气腾腾，胡兵幽目如狼，卫律一剑斩了虞常，然后大步走到浑身瘫软的张胜眼前，冷笑举剑道："汉使张胜，谋杀单于近臣，按律当死！"

张胜吓得伏地求饶，降了匈奴。

卫律故伎重演，提剑架在苏武脖颈上。

苏武端坐原位，昂首不动。

"苏君，我以前叛汉朝而归顺大王，幸蒙大恩，赐号称王，拥众数万，马畜弥山，富贵如此！倘若你今日降了，明日也能得到这些富贵，何必埋骨于草野之中？来日又有谁知道你的名字呢？"卫律劝道。

苏武不应，眼神冰冷。

卫律再劝："你若错失良机，不听我的话，以后还能有机会见到我吗？"

笑话。

二人视线交锋，这位大半生默默无闻的中年汉臣，猝然爆发出了内心所有风骨和气节。这是一种平时看不见摸不着的东西，却会在最关键的时刻迸发，从此一发不可收拾，如高山雪崩，如江河决堤。

苏武活了四十年，他终于意识到，命运交给自己的使命究竟是什么——

我是功臣苏建的儿子，我是武将之家的后代。

我是刘彻陛下的臣子，我是堂堂正正的汉人！

我、不、降。

"你为人臣子，不顾恩义，叛主背亲，在异族这里做奴隶，我为何要见你？！"苏武横眉怒目，掷地有声，一字一顿，"南越王杀汉使者，大汉屠南越，立九郡；宛王杀汉使者，他的头颅被悬在宫殿北门；朝鲜杀汉使者，即时被大汉诛灭。

"那么，你们匈奴的灭顶之灾，就由我这个使者开始吧！"

大营内众人被惊得鸦雀无声。

那天，所有人都重新认识了这位寡言少语的汉朝使臣。卫律终不能使苏武妥协，只好向单于复命。但苏武越铁骨铮铮，单于越想折断他的脊梁，他下令将苏武丢进大地窖，断绝水粮，如熬鹰般慢慢熬他。

一日，两日，三日……

数九寒天，积雪刺骨，这是苏武第一次尝到饥饿的滋味，往后的日子里，他还将经历无数次。

饥饿到了极致，好似从体内生生剖开一个漆黑的大洞，它贪婪地吞噬着自己的五脏六腑，最后连模糊的意识都吞噬掉。

苏武躺在积雪上，渴了，就捧起积雪大口大口吃下，感受它在口中化开的寒冷；饿了，就扯下毡毛胡乱塞进嘴里，与积雪一同强行吞咽到腹中。

如此坚持数日，竟未死。

当浑身枯瘦的苏武紧握旄节，如天神般出现时，单于终于恼羞成怒，他放声下令："来人！把苏武单独逐去北海无人的地方放羊！等公羊何时生了羊羔，本王就何时放他归汉！"[1]

北海。

苏武在这里过起了"渴饮月窟冰，饥餐天上雪"[2]的苦日子。曾经在长安城内前途无限的官家子弟，在这片荒凉的天地逐渐学会了求生。

---

1. 出自《汉书》：律知武终不可胁，白单于。单于愈益欲降之，乃幽武，置大窖中，绝不饮食。天雨雪，武卧啮雪，与旃毛并咽之，数日不死。匈奴以为神，乃徙武北海上无人处，使牧羝，羝乳乃得归。别其官属常惠等，各置他所。
2. 出自李白的《苏武》。

他捉野鼠烤来吃，倘若捕不到野鼠，就靠收草籽来充饥。[1] 他肩上披着破旧的毛毡，带领羊群行走在西伯利亚的冷空气中，大湖如同一汪裂纹的冰。他在风雪里一步步地行走，累了、困了，就在寒风里与羊儿依偎着入眠。

在梦里有长安、有天子，还有汉军凯旋的欢呼声响彻街头巷尾。那是大汉最灿烂的时代，每个汉人眼角眉梢都带着开阔自由的豪放之气。他还梦见故友李陵，梦见李陵当真实现了杀敌的愿望，率领着千军万马，踏平胡营来见自己。

一年，两年，三年。

第五年，单于的弟弟於靬王来北海打猎，器重苏武，送他衣食。三年后於靬王染病，辞世前不忘吩咐赐苏武牛羊牲畜和帐篷，但於靬王的部下撤离北海后，丁零人竟盗走了这些牛羊。

苏武再次回到了挖鼠洞求生的日子。

第十年，苏武在风雪中见到了李陵的身影——

那是早就换了胡袍的叛将李陵。

面对苏武惊愕的视线，李陵笑笑，笑容凄苦，他用生疏的汉语缓缓开口："好久不见，老朋友。"

苏武方知事情原委：就在使团受困的第二年，陛下派李广利攻打匈奴，李陵不甘作为后勤部队，自告奋勇率五千步兵出击，欲直捣匈奴王廷。不久后，李陵却遭遇敌军主力，他斩杀匈奴一万多人，且战且退，浴血厮杀，慑得单于退走。

倘若就此凯旋，李陵的命运必定截然不同，但军队里却偏偏出了个叛徒，向单于透露了李陵军的底细。单于大喜，立刻折返，围困了箭矢用尽的李陵军。李陵等不来救援，一声长叹，只好诈降，决定伺机逃回汉朝——没等李陵行动，怒不可遏的天子竟听信"李陵正在教匈奴练兵"的谣言，一声令下，将他的家人全数斩杀。

"我的母亲、兄弟、妻子、孩子……全死了，汉人以我不能死节为耻，日夜唾骂我。"李陵笑容含泪，"这里的单于重用我，把他的女儿嫁给我，立我为右校王，我……十年过去了，我一直不敢来见你……"

苏武沉默，微微垂目，半晌开口："单于派你来劝我投降？"

---

1. 出自《汉书》：武既至海上，廪食不至，掘野鼠去草实而食之。

李陵点头，他命人在帐篷里设了酒席，缓缓对苏武讲起家乡的情况：[1]

"你的两个兄弟死了，你的哥哥任奉车都尉，有一回扶着陛下的车驾时误触柱子，折了车辕，被迫伏剑自刎了。你的弟弟奉命去追捕一个犯罪的宦官，追捕不得，畏罪服毒自杀了。

"我离开大汉前，你的母亲已经去世，我送葬到阳陵。你的夫人还年轻，听说她已经改嫁了，家里只剩下你的两个妹妹，还有你的二女一儿。如今过去十多年，我也不知他们的生死。"

苏武沉默不语，但李陵留意到，对方的手正紧紧攥着旄节，黑炭般的手指不住发抖。经过十余年风霜摧折，那根节杖掉光了牦牛毛，成了这位凄苦牧羊人手中光秃秃的一根木杖。

李陵不忍多看，挪开视线："人生如朝露，何久自苦如此！陛下年事已高，喜怒无常，无罪被杀的臣子有数十家。你还守在这儿是为谁呢？"

可李陵听到的，依然只有苏武对投降的回绝。

接下来，两个人共饮数日。两个远离故乡千里的游子，不止一回聊起在长安城时的光景。他们没有聊高官厚禄，没有聊锦帽貂裘，只是聊长安城街坊内的叫卖声，聊少年时仰头见过的大雁……历历如昨。

临别那日。

风雪声呼啸，羊群声咩咩，辣酒入喉只觉得痛，苏武看见李陵笑中含泪，道："老朋友，降了吧？你已经回不去了，但至少咱们还有共同的追忆，你跟我，在匈奴这里也可以继续靠着回忆下酒……"

苏武注视着李陵，缓缓回答："倘若大王一定要逼迫我投降，就请立刻结束今日之欢，让我死在你的眼前吧。"

李陵愣在原地。

这一刻，李陵给自己准备的所有辩白都显得自欺欺人，他终究活成了一只无家可归的候鸟，而他的老朋友却仍然是一只坚定的归雁。

---

1. 出自《史记》：初，武与李陵俱为侍中。武使匈奴，明年，陵降，不敢求武。久之，单于使陵至海上，为武置酒设乐。

"唉，义士！我与卫律之罪，上通于天啊！"李陵长叹，泣泪沾襟。

风雪之中，苏武目送旧友打马离去，渐渐消失在自己视线内。

他紧握旄节，踉跄数步，仓皇跪倒在雪地里，终于放声大哭。

李陵无颜再见苏武，他以妻子的名义，赐给苏武牛羊数十头。[1]

而苏武也靠着这些牲畜又熬过了两年时光，仔细算来，这居然已是他在匈奴放牧的第十二个年头。

这天，苏武在最高的山坡上盼着，却没盼来李陵的身影，他依偎着羊儿们，慢慢睡着了。

他梦见年少时的自己，梦见长安，还梦见了陛下。在梦里，陛下扫平匈奴，汉军气吞万里，要接自己回故乡去。

现实中寒风呼号，羊儿舔舐着苏武干瘦的脸，苏武慢慢转醒，终于看见李陵打马飞奔而来。苏武拄着旄节起身，快步朝着李陵走去，颤巍巍开口："大汉那边……"

李陵下马，气喘吁吁："子卿！那些大汉的官吏百姓皆穿丧服，云中郡的俘虏说，陛下驾崩了！"

苏武的身影，呆愣在暴雪中。

关于长安城的记忆，竟开始迅速模糊起来。

他肝胆欲裂，摇摇晃晃，朝南大哭，猛地呕出一口血。

接下来的七年里，苏武继续在这片孤独的北海牧羊，日夜向南哭吊。[2]

——既然回不去，那便怀抱死志，度过余生吧。

孤独究竟是什么呢？

于孤独中诞生的信念又是什么呢？

当年迈的苏武领着羊群站在冰原中，呼吸着刺骨的空气时，他有时会遗忘自己的姓名。自己究竟是一个人，还是一只羊？或是与湖面悄然融为一体的皑皑雪花？每握紧手

---

1. 出自《史记》：陵与武饮数日，复曰："子卿壹听陵言。"武曰："自分已死久矣！王必欲降武，请毕今日之欢，效死于前！陵见其至诚，喟然叹曰："嗟乎，义士！陵与卫律之罪，上通于天！"因泣下沾衿，与武决去。陵恶自赐武，使其妻赐武牛羊数十头。

2. 出自《史记》：后陵复至北海上，语武："区脱捕得云中生口，言太守以下吏民皆白服，曰上崩。"武闻之，南向号哭，呕血，旦夕临数月。

中那根光秃秃的旄节时，他才会慢慢记起关于自己的一切。

冥冥中，天地间有个浑厚苍老的声音提醒他："你叫苏武，你是大汉的使臣。"

那些飞过北海上空的大雁，偶尔能瞥见一位须发皆白的牧羊人，呼啸的风雪几乎要将他折磨成一根黝黑的炭。他紧握着那根从不离手的旄节，站在最高的山坡上眺望南方，那是汉长安城的方向。

"我叫苏武，我是大汉的使臣。"

那些冒着大雪前行的老羊，簇拥着那个老牧羊人，他们就像湖面上一大片游走的白云倒影，向东走，向西走。十九年的折磨使昔日的汉臣变成了一棵枯木，他的眼睛里渐渐燃起新的光亮，那是向死而生的光亮。

"我叫苏武，我是大汉的使臣！"

信念，能在万里雪原引燃火苗，于陡峭绝壁凿开希望。

苏武不知道的是，大汉新的使者正为了接自己回家而奔波。

大汉与匈奴的关系再次和解，新帝刘弗陵向单于讨要苏武等人，单于起初不愿归还，甚至谎称苏武已死，但汉朝使者经过一番波折，终于使单于松口放人。

在十九年流浪生涯的最后一天，苏武拄杖站在贝加尔湖畔，仰头迎接西伯利亚冰原上的黎明。苏武听到远方渐渐传来马蹄的声音，这声音宣告着他的胜利，那是来接他回去的使者，使者一边策马，一边喊着：

"回去吧！苏武！回我们的故乡去！"

那天，他与羊儿们逐个告别。

后来，李陵设酒宴送别苏武。

"我已是异域之人，就此与你长绝了！"李陵泣罢，起舞歌曰，"径万里兮度沙幕，为君将兮奋匈奴。路穷绝兮矢刃摧，士众灭兮名已陨。老母已死，虽欲报恩将安归！"

苏武亦落泪，与李陵永别，一步一步，向南归去。

去时浩浩荡荡一百余人的使团，归来只剩寥寥九个随从。

当长安城的轮廓在春风里渐渐明了，六十多岁的苏武这才体会到十九年的悠长，所幸，他终究以十九年的信念战胜了漫长的孤独。

此时此刻，他还不会知晓，在后世史书的记载中，汉臣苏武活到八十多岁高龄，历经三代汉帝，受到君臣与天下百姓的尊敬，最后位列麒麟阁十一位功臣之末。

但现在，在春光里，苏武又听到满城臣民的欢呼声，那里有无数同胞正迎接自己归来，街巷里无数人争相讲述他的事迹。他终于成了自己少年时最想成为的那个人，他的故事将作为震响古今的英雄故事，传唱下去，永世不朽。

这次，当真回家了吗？

——你听啊，所有人都在迎你回家，这次是真的回来了。

这次，当真不是在做梦吗？

——你看啊，四周的春风如此温暖，绝不会是一场大梦而已。

苏武如此想着，心中渐渐明朗，通身涌起一股新的劲头，他再次握紧那根光秃秃的旌节，大步地朝着巍峨的长安城迈去。

愿将腰下剑
直为斩楼兰

准备去长安城旅游，有什么推荐的美食吗？

历史问答角

提问：准备去长安城旅游，有什么美食推荐吗？

关注问题　写回答　邀请回答　👍好问题1126　🔗分享

@ 不想打架的外交官不是好外交官
签名：《中天竺国行记》火爆连载中……

谢邀，人在长安，这题我会。

照着攻略走，保证一日三餐给你安排得明明白白！

长安城有东市和西市，东市贵，西市富，东市是达官贵人消费的地儿，西市则是胡商聚集的金市，想品尝平价小吃去西市就好，可别跑去东市挨宰噢。

咳咳，咱长安城值得一尝的美食，多到说不完！如果你是起个大早来市里逛，不妨尝尝咱们这儿的饼，胡饼麻饼夹饼样样不缺，面脆油香，新鲜出炉。咱唐人最爱吃饼，味道那叫一个地道！

如果你荷包够鼓，也可以尝尝有钱人最爱的"古楼子"，取羊肉一斤夹在巨胡饼里，撒上椒豉，淋上酥油，再用炉子烤至半熟，一口下去油滋滋，别提有多香……什么？你说午膳不想再吃饼了？哈哈，没事，咱唐人虽然唤很多美食为"饼"，但其实它不是饼。

譬如蒸饼，其实就是你们常说的"馒头"，刚蒸好的带馅儿大馒头谁不爱吃呢？再搭配一碗热腾腾的馎饦，也就是面片汤，最适合中午吃个痛快。噢，如果天热不想吃烫食，就点一盘冷淘吧，咱大唐最流行的冷面。

除此之外，也可以试试各种粥食，粥里还能加配料：胡麻、地黄、杏酪……各种小料随心搭配，应有尽有。

在长安逛上一整天，想必肚子又咕咕叫了，晚膳吃什么？当然要吃点儿好的，像是通花软牛肠、生食鱼鲙、露葵羹汤这些佳肴通通都端上桌来！吃腻了，就买些甜点消消食，条条大街都有卖毕罗的店，樱桃馅儿蟹黄馅儿，再细细浇上甜乳酪……嘿，想想都流口水。

吃完了晚膳，当然要沽上一碗米酒来消消食啦，浊酒平价实惠，清酒口感最佳。不论您经济实力如何，都必定能心满意足地喝上一大碗，再借着微醺的醉意回客栈去，倒头一觉睡到大天亮，在梦乡里尽情回味咱大唐美食的味道。

小贴士：大唐实行宵禁，非节日时期，千万要注意听着黄昏时官府敲响的鼓声，可别耽误了回坊时辰，要出门玩，就乖乖等到天亮坊门打开之后再玩吧。

赞同 2982　　评论 673　　收藏 28　　喜欢 442

王玄策

文／拂罗

愿将腰下剑，直为斩楼兰

  长安城一定能永远昌盛下去吧。

  脑海中突然冒出这句感慨时，王玄策正候在人流如织的明德门前，随着熙熙攘攘的人群一点一点往城里挪动。其实，这早已不是王玄策第一次来到长安，但这座城的壮观繁华仍然让他叹为观止。

  被人群裹挟着穿过城门，便踏进了宽阔的朱雀大街，这条街乃是整个长安城的中轴线，尽头直通皇城朱雀门，将一百零八坊切割成豆腐块儿似的东西两侧。王玄策还记得，自己上一回抵达长安时，曾在西市胡商手里买过一支非常好用的苇管笔，是特地从敦煌运来的货，笔杆削尖如刀，正适合写行记用。

  哎哟，终于从人群里挤出来喽……眼下，自己手上这本《中天竺国行记》还没写完呢，今个儿正好再买一些藤纸备用。王玄策迎风伸了个懒腰，感到格外惬意，决定先买碗馎饦当朝食。

"卖胡饼喽——"

"米酒——上好的米酒——"

沿着朱雀街大步向北走去，热闹的市内传来语调不同的说话声，有唐话，也有各国叽里咕噜的语言，因为去年曾出使摩揭陀国的缘故，王玄策的外语十分流利，都听得懂。

在大唐，每天都有数不清的外国人涌入京城，他们或是来朝拜大唐天可汗的诸国使臣，或是迢迢千里去西市做生意的胡商，此外还不乏三教九流的身影：僧侣、遣唐使、传教士……这一年，所有人都敬畏着大唐，所有人都憧憬着长安。

这一天，正是大唐贞观二十一年（647年）最平平无奇的某天。

王玄策这次回长安，正是奉旨准备再次出使摩揭陀国，顺便为没写完的书找找灵感。

写书，自然不是他的本职，外交官才是，但他也乐意动笔将贞观年间的一切记下来，倘若这本书有幸流传后世，后人想必也能从文字里窥见一些大唐天可汗的风采吧？

嘿，值得从头捋一捋。

王玄策是隋末唐初生人，他的阿耶阿娘都是亲历过隋炀帝残暴统治的百姓。

隋炀帝平生好大喜功，却从未体恤过民力，导致"天下死于役而家伤于财"，年复一年，由百姓鲜血堆积起来的表面昌盛，终于迎来了不堪重负的那一天。大业十三年（617年），隋炀帝游江都时，唐国公李渊于五月起兵，十一月便攻占长安，拥杨广之孙为新帝，远方的杨广则一夜间成为太上皇，次年就被叛军给缢杀了。

爷爷的死讯传来，隋恭帝瑟瑟发抖，被叛军拥立成新帝可不是什么好差事。不久后，杨侑果然被迫禅位给李渊，李渊摇身一变，龙袍加身，定国号为"唐"。

大唐的故事，就这样拉开序幕。

然而这片江山仍然深陷在战火中，不仅各地叛军割据，北境还时刻遭受突厥侵扰，人口仅仅剩下两百万，可谓民生凋敝，生灵涂炭。接下来七年间，李渊不断派儿子们南征北战，平定动荡，天下终于迎来统一。

眼看父皇李渊已经年近六十，愈发苍老，皇子们的内斗也愈发激烈。当时，最受宠的太子李建成原本是钦定的继承人，但随着次子李世民不断立功，收拢民心，兄弟间的关系渐渐水火不容。

由憎恶到仇恨，从仇恨到决裂，加上父皇的态度摇摆不定，最终，皇子们还是走到了死斗的地步。

武德九年（626年），六月四日，趁李建成携四弟李元吉入宫见父皇的时候，李世民带着诸多亲信伏兵于玄武门，待兄弟二人的身影刚刚出现，便一举开弓，将其射杀。

这便是震惊朝野的玄武门之变。

溢满肃杀之气的秋风中，二十八岁的李世民表现出了远超常人的冷酷与果断，三个月后，他逼迫父皇禅位，尊其为太上皇。历史总是如此相似，年迈的李渊望着正如朝阳般升起的二儿子，他终究伸出颤抖的手，将权力交了出去。

伴随着玄武门涌动的血腥之气，最高权力就此完成交接，李世民成为唐朝第二位天子，改年号为"贞观"，从此带领大唐迈向贞观之治。

"为君之道，必须先存百姓，若损百姓以奉其身，犹割股以啖腹，腹饱而身毙！"[1]

因为吸取了隋朝灭亡的教训，李世民深深赞同"水能载舟，亦能覆舟"的道理，他定下"以民为本"的国策，任用长孙无忌、房玄龄、杜如晦、魏征等能臣辅佐自己，并且鼓励他们直言进谏，不必担心冲撞天子，实现了君臣共治国家的开明景象。

李世民还主张减轻刑罚，贞观四年（630年）时，全国死刑犯的数量只有二十九人[2]。两年后，死刑犯也仅有三百九十人，天子允许他们年末归家，处理后事，次年秋天再回来领死，这些囚犯全部按时回来，竟无一人出逃。[3]

官员清廉，百姓安居，整个时代都升腾着一股蒸蒸热气，在盛世开元的霓裳羽衣舞跳起之前，长安城一百零八坊内已然有了开阔包容的新气象。

除此之外，面对边境外族带来的祸乱，李世民展现出马背天子的尚武气魄，他连年对外出兵：平东突厥、定薛延陀、征服高句丽、威服吐蕃……同样在贞观四年（630年），各国各部落首领来到长安城，齐声请求李世民做"天可汗"，意为众王之王。

---

1. 出自《贞观政要》。
2. 出自《资治通鉴》：是年，天下大稔，流散者咸归乡里，米斗不过三四钱，终岁断死刑才二十九人。东至于海，南极五岭，皆外户不闭，行旅不赍粮，取给于道路焉。
3. 出自《资治通鉴》：辛未，帝亲录系囚，见应死者，闵之，纵使归家，期以来秋来就死。仍敕天下死囚，皆纵遣，使至期来诣京师。

李世民笑道："我为大唐天子，莫非还要自降身份做天可汗吗？"

金碧辉煌的太极殿内，文武百官与四夷首领纷纷下拜，齐声称颂万岁，如此盛景前所未有，李世民在山呼海啸声中痛快大笑。从此以后，大唐颁发给列国的玺书中，皆称天可汗。[1]

可见，此时的唐朝已然成为四方皆惧的霸主强国。

太上皇李渊听闻此事，不禁感慨"昔日汉高祖困于白登，不能报仇，今日我儿能灭突厥，我托付得人，复何忧哉"，遂唤李世民与权臣十余人，以及王子公主王妃等皇亲，在凌烟阁置酒设宴，张灯结彩，共同欢庆。酒酣之际，太上皇亲自弹奏琵琶，天子亲自起身跳舞，君臣同乐，宴会直到深夜才罢休。

九天阊阖开宫殿，万国衣冠拜冕旒。[2]

任谁都能看得出来，大唐必将一步步走向更巅峰的盛世，《秦王破阵乐》正激烈，《功成庆善舞》正上演，天地间所有的浓烈色彩即将铺陈开来，沿着丝绸之路洋洋洒洒地泼向四方，同时也落在唐人王玄策的眼睛里，构成了他眼里贞观年间的长安城。

此时此刻，晴空愈发大亮，西市内人潮涌动，王玄策感觉自己也成了一条不起眼的鱼，穿行在琳琅满目的货品摊位前，耐心挑选着写书用的纸张。那胡商见他俨然是个懂行的，不禁起了好奇心，操着一口生涩的唐话问："客人，您见多识广，想必去过不少地方吧？"

王玄策昂起头，叉腰露出一个灿烂的笑容，以流利的胡语答：

"当然！要听一听我的故事吗？"

王玄策，洛阳人，贞观年间长大的纯正唐朝青年，童年少年经历不详……噢，对了，长大后担任的第一个官职是融州黄水县令，除此之外没啥好说的。

按照王玄策自己的话来讲，自己是十里八村有名的叛逆少年，上房揭瓦下河捞鱼，样样精通，并笃定自个儿长大后肯定能当个仗剑远游的冒险家。

"大唐这么大，我要去看看！"

---

1. 出自《资治通鉴》：四夷君长诣阙请上为天可汗，上曰："我为大唐天子，又下行可汗事乎？"群臣及四夷皆称万岁。是后以玺书赐西北君长，皆称天可汗。
2. 出自盛唐诗人王维的《和贾舍人早朝大明宫之作》。

那时大唐刚统一不久，江山并不安稳，家里长辈都不允许他跑出去，他只好整天枕着胳膊做白日梦。出于这份对冒险与生俱来的痴迷，这个少年眼中的世界，似乎与旁人眼中的世界稍有不同。

譬如看见雨后的水洼，他便幻想书中大海浪起的场景；譬如瞧见长辈供奉的佛像，他便幻想异国佛寺宝塔林立的模样；又譬如被风沙迷了眼睛，他便假装那是敦煌深处的细沙子……乡亲们见了都叹气，说这小子脑回路太清奇，以后可咋找工作啊。

就在阿耶和阿娘叹息的时候，长安城传来消息，说将军李靖平定了突厥，天子李世民被尊为天可汗，表示"自古皆贵中华，贱夷狄，朕独爱之如一"[1]，大唐与诸国建立外交关系，进行贸易往来的好时代要来喽。

两口子大喜过望，给儿子指了条路："既然你想当冒险家，就先做官儿吧，说不准还能当上外交使者，奉旨出国呢！"

少年一听，两眼放光，立刻拿起书本发奋起来。

数年后，王玄策长成青年，他和同龄人一样赴京赶考，然后成功考取了功名，再然后……就没有然后了，他担任的官职是县令，跟最初的梦想八竿子打不着。融州少数民族众多，并不容易治理，青年王玄策是个尽心尽责的好官，他每日伏案到半夜，但最不能忘记的还是走遍世界的愿望。

西市乃是丝绸之路的起点，在他心中，长安城正是能够实现梦想的地方。

长安城可真大啊，一眼望不到尽头，这么热闹的城里该蕴藏着多少希望和故事？这里坐落着无数商铺、寺庙、王府、园林，坊市内永远都人声鼎沸，但凡是人们能想到的稀奇玩意儿，长安城里应有尽有。

初次入京时，王玄策记得自己还是个懵懵懂懂的学子，最让他感兴趣的，莫过于胡商们口中流传的异国风土人情。大唐版图已经足够辽阔，然而在大唐之外，居然还有如此广袤的世界。或许，从那一刻起，青年王玄策就暗暗下定决心，他一定会回到这座繁华的城，再回到西市挖掘出更多故事。

"天竺、吐蕃、新罗、波斯……我当时在想，世界上究竟还有多少新奇的美景与城邦，正等着我去亲眼见证？"人来人往的西市商铺前，王玄策抱着一大摞纸，眉飞色舞地说着。

---

1. 出自《资治通鉴》。

"我懂了,"胡商慢吞吞开了口,"听西市做生意的前辈说,当年有个奇怪的家伙出没,到处找人讲故事,后来还真当了外交官,看样子就是您了。"

几年前,满长安都流传着玄奘法师的故事:这位大唐高僧早年决定西行去天竺国求得真经,以普度乱世中的众生。初唐年间朝廷禁止民间百姓私自出境,玄奘便偷渡出关,一路历尽艰难,终于抵达天竺国游学,十七年后学成归来,轰动大唐,并受到李世民召见。

天竺国是什么地方呢?

它被后世称为"古印度",是传说中佛陀的诞生地,说它是国家其实并不准确,因为古印度几乎从未统一过。偌大的天竺国被分裂成"东西南北中"五个天竺,每个区域都建立了大大小小的国家,唐初时期,摩揭陀王尸罗逸多南征北战,统一北印度,威慑五天竺,建立了辉煌的戒日王朝。

不过,那些小国只是屈服于武力,被迫向中天竺称臣纳贡而已,迟早会再次分崩离析,要怎么办呢?当时玄奘正在游历天竺,他立刻受到了戒日王的热情召见。

戒日王问:"我听说唐朝有秦王天子,平定海内,救济黎民,作《秦王破阵乐》,盛德之誉,诚有之乎?"

玄奘答:"然,我朝国君尚未继位时曾为秦王,今已称天子。"

通过玄奘的描述,戒日王对唐皇产生深深的敬佩,他渴望让戒日帝国也成为完整的大国,他不禁脱口而出:"盛矣哉!彼土群生,福感圣主。"[1]

戒日王朝与大唐从此开始建交。

贞观十五年(641年)时,戒日王派使者访问大唐,四年后玄奘也回到长安,而这场西行传奇,后来也成了口口相传的西游故事。在这期间,李世民曾欣然接见这些天竺使者,并派出使者回访。贞观十七年(643年)时,他决定再派使者前往中天竺,进行一次郑重的外交活动。

派谁呢?

身为小小文官的王玄策脱颖而出,凭着他顶级的社交天赋,以及一口流利的胡语,

---

1. 出自玄奘的《大唐西域记》。

进入了天子的视线。李世民御笔一挥，派李义表为正使，王玄策为副使，领着使节团前往中天竺。

"可不要辜负朕的期望啊！"

王玄策欣喜若狂，上前接旨，他马不停蹄地准备出发，一行人踏上了遥远的建交之旅。

四

贞观十七年（643年）三月，春风拂面，大唐使节团穿过明德门，一步步离开熟悉的长安城，历经九个月方抵达摩揭陀国。[1]

每开拓一条新路，都是在迷雾中摸索，其中藏着无数未知的危险，甚至可以用九死一生来形容。不过，王玄策早将危险抛之脑后。

他经过大大小小的国家，看见不同的风土人情，于是他决定写一本书，将这些故事统统记录下来：

"送佛袈裟于泥婆罗国西南，至颇罗度来村。东坎下有一水火池，若将家火照之，其水上即有火焰，于水中出。欲灭以水沃之，其焰转炽。"[2]

天竺北方的泥婆罗国，后世也称"尼泊尔"，贵族带使节团参观了神奇的"水火池"，将物品扔进水池里，立刻便冒出烟焰，可将大锅悬于上面做饭。

王玄策站在热气沸腾的池子旁边，连忙奋笔记录。

同年十二月份，戒日王热情接待使节团，他遣大臣到郊外焚香夹道欢迎，还率群臣向东拜受敕书，献上珍贵的火珠及郁金香、菩提树。[3]

"远道而来的朋友，想逗留多久都可以，愿你们玩得开心！"

王玄策在这里停留了很久，他曾参观摩揭陀国的王舍城，听当地僧人讲起佛陀行化的传说；也曾抵达耆阇崛山和摩诃菩提寺，整座佛塔沉浸在暗金的光与影中，深蓝的夜

---

1. 出自《法苑珠林》：粤以大唐贞观十七年（643年）三月，内爰发明诏，令使人朝散大夫行卫尉寺丞、上护军李义表，副使前黄水县令王玄策等，送婆罗门客还国。其年十二月至摩伽陀国。
2. 出自《法苑珠林》引用的王玄策的《中天竺国行记》，此书曾受到唐朝重视，后渐渐失传。
3. 出自《旧唐书》：太宗以其地远，礼之甚厚，复遣卫尉丞李义表报使。尸罗逸多遣大臣郊迎，倾城邑以纵观，焚香夹道，逸多率其臣下东面拜受敕书，复遣使献火珠及郁金香、菩提树。

幕之中星河璀璨，日月随着光阴在塔尖斗转跳跃。[1][2]

当王玄策坐在夜幕佛塔之下，仰望那轮明月，耳畔传来僧人们用梵语讲起的诗歌与神话时，那一刻，他想到的却是他的长安城。

于是，他没有再多做停留，在天竺僧人的送别声中，他与使节团踏上了返乡的漫漫长路。王玄策将这些故事整理出来，带回了故土。

两年后，李世民打算再派使者前往摩揭陀国，这次他率先想到的人选，便是王玄策。

"我为什么迫切地回到长安来？每个远行的游子，都必定要回到他的故国，不是吗？"热闹的西市内，王玄策正将双手一摊，笑问，"嘿，我明天就要出发了，到时把你也写进我的行记里，能便宜几文钱不？"

胡商叹了口气。

"成交。"

五

当王玄策心满意足地迈出西市，挤在人潮中仰望炫目的天光时，耳边没由来地响起胡商问他的最后一句话："王郎君，你写书是为了名留青史吗？"

名留青史？

这……自己好像从未想过这个问题。

罢了，只要一路走下去，接下来的旅途自然会带来答案吧。

天子这次派使节团前往天竺，不仅为了外交活动，更为了将制糖技术引进大唐。"西蕃胡国出石蜜，中国贵之，太宗遣使至摩伽陀国取其法"[3]，石蜜是一种贵族才能享受的好东西，大唐尚未掌握制糖技术，只能利用曝晒甘蔗来制糖浆，色香味皆不及石蜜。

——倘若自己把制糖技术带回大唐，从此便不需要贸易进口，家家户户都能尝到蜜糖的味道了。嘿，这事儿看似不起眼，实则关系到千家万户，怎么不算是大事呢？

贞观二十一年（647年），王玄策为正使，蒋师仁为副使，他们率三十名随从离开长

---

1. 出自《法苑珠林》：至十九年（645年）正月二十七日至王舍城，遂登耆阇崛山，流目纵观，傍眺周极。
2. 出自《法苑珠林》：此汉使奉敕往摩伽陀国摩诃菩提寺立碑。至贞观十九年（645年）二月十一日，于菩提树下塔西建立，使典司门令史魏才书。
3. 出自《唐会要》。

安城，踏上前往天竺国的漫漫长路。此时此刻，使节团浑然不知，远方的戒日王朝正经历着一场浩浩荡荡的政变事件。

遥远的王庭里，戒日王猝然驾崩，死因成谜。

灿烂的戒日王朝仅仅持续了四十余年，正如戒日王生前曾担忧的那样，这个庞大的帝国立刻重新分裂成五个天竺。帝那伏帝的国王名叫阿罗那顺，他趁机成为中天竺的新王，并将贪婪的目光对准了那些唐使——他们的马车上满载着天竺各国进贡的奇珍异宝。

"来人，给我洗劫他们！"

视线尽头，尘土飞扬，当几千名全副武装的士兵团团包围三十多人的使节团时，王玄策敏锐地意识到：异国发生政变，老熟人戒日王只怕凶多吉少了！

"大唐人从来没有不战而降的道理！拿起武器，随我杀出去！"

王玄策愤然抽刀，砍向敌兵，率领三十名随从殊死抵抗，奈何敌众我寡，他们被丢进异国的大牢里。[1]

变故发生得实在太快。

王玄策伤痕累累地坐在冰冷的牢狱里，他还没能从拼杀中缓和过来，昨日还鲜活开朗的兄弟们，一夕之间竟枉死他乡！他望向副使蒋师仁，对方同样颓然，席地而坐，挤出苦笑："王正使，你说，咱们还能回到长安吗？"

长安……

王玄策张了张嘴，不知该说些什么。

就在此时，漆黑的地牢忽然被银亮流转的微光照亮，两个绝望的囚犯不约而同地抬起头，朝着地牢上方的窄窗仰望。

是月光。

夜幕里，月亮升起来了。

异国大牢里的穿堂风如此刺骨，可月光穿过那扇狭窄的窗，轻轻落在他们的身上，

---

1. 出自《旧唐书》：会中天竺王尸罗逸多死，国中大乱，其臣那伏帝阿罗那顺篡立，乃尽发胡兵以拒玄策。玄策从骑三十人与胡御战，不敌，矢尽，悉被擒。胡并掠诸国贡献之物。

像故乡柔软的风,从万里外的长安城吹过来,唤着游子归乡。王玄策心中蓦地升起一股执着,在蒋师仁惊讶的注视下,他慢慢扶着墙砖站起来,从衣襟下面"唰"一声摸出那支锋利的苇管笔,笑容重新挂上他的唇边。

"能,一定能。我的行记还没写完,要是作者先客死他乡,后人还怎么看到这个故事呢?"

锋芒毕露的苇管笔,自他的指间一旋,如同刀剑,直直指向牢门锁孔。

七

当夜,王玄策和蒋师仁成功越狱,逃出生天。

接下来要去哪里呢?

按照一般人的逻辑,两人应该沿原路返回大唐,请天子出兵摆平这件事。但王玄策毕竟不是一般人,若说被丢进大牢时猝不及防有些慌乱,那么此刻被冷风一吹,王玄策心头的怒火噌噌上涨。

——我堂堂大唐使者,竟然在天竺狼狈至此!这些外国人真是吃了熊心豹子胆,倘若我灰溜溜地回去,还如何担得起唐使的身份?!

一个大胆的计划逐渐在王玄策脑海中成形,他决定不回大唐,而是以唐使的名义在其他国家征兵,到时率兵回来攻打阿罗那顺!攻下中天竺境内的一个小国而已,我自己就能摆平,不需要惊动我大唐天子!

"走,征兵去!"

按照计划,两人向北渡过甘第斯河,穿过辛都斯坦平原,历尽艰险,抵达吐蕃,发出大唐国书檄召邻国兵。

此时,吐蕃王朝的松赞干布刚与文成公主联姻不久,两国往来关系密切,当两名气势汹汹的唐使抵达这里时,松赞干布立刻派出一千二百名吐蕃兵支援他们,作为吐蕃附属国的泥婆罗国也派出七千兵,一并跟随两人杀回中天竺。[1]

两个狼狈逃出大牢的大唐使者,率领浩浩荡荡的八千多人部队,杀气腾腾地出现在

---

1. 出自《旧唐书》:玄策乃挺身宵遁,走至吐蕃,发精锐一千二百人,并泥婆罗国七千余骑,以从玄策。

茶镈和罗城的落日尽头。这里是中天竺的都城，阿罗那顺闻讯，不禁仰天大笑："区区两个文官，凭着唐朝的国威凑来八千多人，就妄想攻打我的王庭？！"

事实证明，他对于唐朝人的自信强大一无所知，也低估了王玄策的带兵能力。

王玄策率军进攻，一路势如破竹，仅仅三个昼夜就攻下了中天竺的都城，斩首三千余级。茶镈和罗城在战火里熊熊燃烧，溺死的敌兵数以万计。阿罗那顺见势不妙，慌忙逃跑，向东天竺的国王尸鸠摩借来援兵，企图反攻王玄策，却被蒋师仁挥兵擒获。[1]

眼看国王沦为俘虏，阿罗那顺的妻子带领亲眷在乾陀卫江继续顽抗，不久后亦被擒拿，这些俘虏加起来总共一万两千人，牛马三万余头匹。消息传遍四方，整个天竺震惧，尸鸠摩连忙双手奉上牛马三万馈军，还有无数弓、刀、宝璎珞，其他诸国也纷纷表示臣服大唐。

王玄策觉得，是时候回去光荣复命了。

明月果然还是故乡明。

在这个故事的最后，王玄策和他的副使带着浩浩荡荡的俘虏队伍与战利品，在天竺诸国畏惧的目光里，踏上了回长安的漫漫长路。

噢，对了，他们还带回许多天竺糖匠，竹甑制糖法正是从那个时候从印度传入大唐的，经大唐匠人们不断改良，制出的石蜜从此"色味愈西域远甚"。

贞观二十二年（648年），当王玄策的大队伍抵达京城时，整个长安城为之震动，欢呼声响彻大街小巷，一浪接着一浪："犯大唐者，虽远必诛——"

李世民哈哈大笑，封王玄策为朝散大夫，从五品下。

这官职看似有点儿低，不过，谁让自己生在大唐呢？王玄策嘿嘿一笑，自己身处的大唐，可是一个文臣武将如群星般涌现的时代啊，有赫赫战功的唐将可不在少数，在这片灿烂的银河里，自己的功劳只是一点星光。

熠熠银河在前，谁会介意自己的星光太微弱呢？

---

[1]. 出自《旧唐书》：玄策与副使蒋师仁率二国兵进至中天竺国城，连战三日，大破之，斩首三千余级，赴水溺死者且万人，阿罗那顺弃城而遁，师仁进擒获之。房男女万二千人，牛马三万余头匹。于是天竺震惧，俘阿罗那顺以归。

天子问他还想要什么赏赐，王玄策想了想，拿出纸笔，一脸诚恳："不然，天子以后多派臣出使天竺国几次，让臣把这部行记写完吧？"

九

　　数日后。

　　"卖胡饼喽——"

　　"米酒——上好的米酒——"

　　一百零八坊中人流熙熙攘攘，沿着朱雀大街向北走，便可抵达最热闹的西市。这里每天都穿梭着无数胡商与唐人，他们随着晨钟声鱼贯入市门，说着语调不同的语言讨价还价。

　　在西市最不起眼的某处摊位前，喋喋不休的年轻官员照常抱着一摞藤纸砍价，对面那胡商则照常说着一口生涩的唐话："王郎君，恭喜恭喜，你一定能名留青史了！"

　　哎呀，要说名留青史……

　　王玄策神秘兮兮地笑了声，在胡商困惑的注视下摆了摆手。

　　生在人才济济的大唐，想要名垂青史着实是高难度的事。不过，看着手上这本未完待续的《中天竺国行记》，他的心中已悄然有了答案：想让更多人看到自己眼中的世界。

　　这就足够了。

　　王玄策知道，在热闹非凡的长安城，自己的身影只是一点小小墨痕。或许他将会出现在历史的边边角角，后世的人们会在敦煌壁画里瞥见他的身影，会在史书某句中读到他的事迹，会在某座石碑上发现他的名字——

　　王、玄、策。

　　而他手中的这本著作，可能将会流传到很久以后，也可能会遗失于岁月之中。但不论如何，当日月斗转，当星辰挪移，当一代又一代的过客来了又去，唯有长安城，它一定能永远昌盛下去，唯有大唐盛世，它一定能在人们的记忆中永不磨灭。

　　"毕竟，这可是大唐，这里每时每刻都在发生大事儿，"年轻的王郎君抬头悠悠望天，笑着回答，"今天啊，只是咱们大唐，最平平无奇的一天。"

休言女子非英物，
夜夜龙泉壁上鸣

在你一生中有哪些值得铭记的事情？

历史问答角

提问：在你一生中有哪些值得铭记的事情？

关注问题　写回答　邀请回答　好问题2971　分享

最近看古装电视剧，那些大将军也太帅了，想知道骁勇一生的他们面对战争内心是怎么想的。

@石柱土司秦良玉 ✓

签名：流离失所的人们，尽可来我石柱境内避难。

我是大明将领，秦良玉。

历史不记得那些死在乱世里的百姓们，我记得。

世人不记得那些牺牲在战场上的将士们，我记得。

我活了七十多年，经历过太多往事，遗忘的事情不算少，唯有那些同胞的面庞，我一刻也不曾忘，通通在心里替他们记着。

至于我自己，这辈子最难忘的事，莫过于娘教我骑马耍枪的童年记忆了吧。她曾说我是马背上的孩子，而我这一生也果然应了娘的话语——各地平叛，领兵抗金……如今我年事已高，早已不再骑马打仗，但听孩子们说，我会是第一位被正史单独列传记载的女将军。

高兴吗？谈不上高兴，我倒是打心底希望，他们在史书上能多记载一些女子的故事，毕竟，保家卫国的巾帼远远不止我一位。唉，不知在我有生之年，天下是否能迎来海晏河清的那一天？

希望如此。

我已年迈，望诸位姐妹弟兄共同加油，忠州良玉，在此重谢。

第二次更新：

昨夜又梦见自己在蜀川的风里奔跑，随后梦见逝去的母亲的脸，这大抵是时日不多的征兆吧，我在战场见过太多生死，如今并不惧天命，只是惋惜那些牺牲的人们……我离开后，他们的故事，恐怕再也不会有见证者了吧？

第三次更新：

今早再三思索，还是决定唤忠儿那孩子过来，将我的故事记录下来，附于这篇回答后面，以供后人回顾历史之用，勿忘，勿忘。

赞同 2982　　评论 673　　收藏 28　　喜欢 442

秦良玉

文／拂罗

休言女子非英物，夜夜龙泉壁上鸣

我的名字叫忠儿。

两年前，我对祖母最初的印象，也要从这个忠字开始讲起。

"从今往后，你的名字就叫忠儿，"祖母耐心教我，"忠心爱国的忠，一定要牢牢记着，明白了吗？"

那时，我在战乱和饥荒中被吓破了胆，三岁还不会说话，识文断字更是困难，其他人纷纷笑我是个小傻妮子，只有祖母从不笑话我。

她会轻轻握住我长满冻疮的小手，教我在纸上一笔一画地写字。她说，从心，在"心"上放个端端正正的"中"，不偏不倚，此心不移，便是"忠"。

祖母的声音，像风沙吹过空旷的荒野，沧桑，坚定。

我点点头，表示记住了。

其实我还不太懂这个字的深意，但我能感受到她掌心厚厚的茧子，像坚韧的蒲苇，又像粗糙的顽石，这是大半生戎马杀敌才能磨出的茧子。

她用她的大手庇护着我，也庇护着石柱境内所有的乡亲。

川地的光阴过得很快，我在石柱老宅稍微长大了些，他们不再嘲笑我是傻妮子了，他们夸我是乡里最会读书的小姑娘。

外面的世道仍然烽烟四起，天灾、叛军、饿殍……我正在渐渐长成一个大姑娘，祖母的身子却渐渐不如从前硬朗了。

今日，我给祖母送早膳时，老人家难得高兴，多喝了半碗粥，随后唤我铺纸磨墨，她要亲自口述过去大半生的故事。我则提笔把这些故事整理成一本书卷，以流传后世。

"这些往事，总该有后人记得，"她说，"忠儿近来可有认真学识字？汉家的文字，万万不可忘了！没忘吗？好，好，这就开始写吧。"

祖母慢慢讲起故事。

关于万历，关于崇祯，关于这个盛大王朝的兴亡与落幕，一切都布满了厚厚的宿命气息，陈旧、寒冷、鲜活，如同隆冬清晨空气中浮起的灰尘。从祖母的讲述中，我渐渐了解到一个自己从未见过的大明王朝，渐渐窥见一个少女长成战士的健壮身影。

我想，那是我从来不曾亲眼见过的，一段马背上南征北战的艰难岁月……

明亡倒计时七十年 忠州故宅

我的祖母秦良玉出生于明万历二年（1574年）。

她的故乡在四川忠州，那是受当地土司管辖的一片地区，家里共有四个孩子：大哥秦邦屏，二哥秦邦翰，祖母是三妹，下面还有个最小的弟弟秦民屏，他们天天在一块儿习武读书，研究兵法。

我祖母则是其中的佼佼者，她最爱和弟弟比试骑马，乐此不疲。

"姐，比试一场不？"

"比就比！你这臭小子什么时候赢过我？"

姐弟二人边斗着嘴边骑马，互不相让，争相超越，每次都是我的祖母一马当先。在爹娘和两位兄长的笑声里，秦民屏愤愤将肉丢到她碗里，嚷着自己下次定能赢过三姐。那时，祖母年纪还小，神气地捧起碗大口扒饭，闻言顺手敲了他一个爆栗："你这小子，还不服输！"

一家人捧着碗，都笑个不住。

祖母的父亲名叫秦葵，是嘉靖年间的岁贡生，喜谈兵，他并不阻止孩子们比武，最常说的一句话就是："天下将有事矣，你们一定要执干戈报效大明社稷，这才是我秦家的好孩子！"

大明社稷。

距离明太祖朱元璋建元洪武，已经过了二百多年之久，这个王朝曾经从元代末年的动乱中崛起，从一个碗中倒出了万里江山，倒出了两京十三省，倒出了一个天子守国门的铮铮朝代。

驱逐胡虏，恢复中华。

父亲秦葵常常叹息说，这是每个大明子民都不曾忘记的誓言。

如今却不同了，这世道乱了。前十二位皇帝的身影如浮云般掠过紫禁城，大明山河不再灿烂辉煌，自张居正死后，原本刚刚让大明看到曙光的万历改革立刻被废除，东林党和阉党争斗得殊死不休。万历皇帝朱翊钧只勤政了十多年，后来疲于国本之争，日日沉迷享乐，已有很多年不上朝了。

朝廷处处缺官，天家搜刮民脂，大明如同一个引火烧身的老者，任谁都看得出来它正走向自我毁灭，任何一颗火星落在这片大地上，都足以轰地燃起民间动乱。

在刚刚记事的时候，祖母就随着母亲学骑马打猎，偶尔能看到失去家乡的川外难民，他们说着各地闹饥荒与兵乱的消息。做母亲的于心不忍，便带着女儿接济难民，那时祖母年纪太小，甚至还不能从容骑马，但她已能从母亲坚毅的神情中，看到一抹救世救国的担当。

"贞素，或许再过上几十年，属于大明的危亡关头就要来了，"母亲说，"国与家，本就密不可分，你注定是在马背上长大的孩子，到那时一定要带着你的兄弟们，为这个国家杀出一线希望啊。"

年幼的祖母将这句话牢牢记在心上。

纵然过了许多年，世人提起我的祖母，提起大明末年那位"忠贞侯"时，他们仍然习惯用桃花马与鸳鸯袖来点缀这位女将,那是一个古老而固化的胭脂符号。

但对于我祖母本人来讲,她生命中未必受到这种规训。

毕竟,她自幼就习惯了骑马习武的生活。

土司即土官,因西北、西南地带聚集的部落众多,元明都采用"以土官治土民"的方式,设土司官职,由各少数民族的首领世袭——这些土司在外是朝廷命官,在内则是部落首领。"世有其地、世管其民、世统其兵、世袭其职",这些地区的百姓过着与中原风俗不同的生活。

祖母说,她永远不会忘记,自己第一次策马飞奔的感觉。

骑马的感觉真是好极了,四面八方的风都朝着她吹刮,掠过她,穿过她,却又将一种原始而古老的气息永远留在她的胸膛里。

那是勇敢无畏的气息。

"驾!驾!"

每当我的祖母回到家,她的母亲就会对她讲起女首领的故事:南北朝平定岭南保家卫国的冼夫人、明初开辟龙场九驿的奢香夫人……这些遥远的身影在母亲的声音里栩栩如生。

其实,这片大地处处都是女人们生存过的痕迹,她们的祖先曾经在高山峻岭健步如飞,她们曾经席地坐在荒凉的战场听号角的声音。她们怒斥外敌,她们奋勇厮杀,她们曾经一代又一代奔跑在粗犷而悠远的战歌里。

在马背上,祖母和她的兄弟们都渐渐长大了。

她的身形生来就壮硕高大,最是适合披挂盔甲,天生就是挽弓杀敌的好手,她的脸庞保持着坚韧与倔强,那是属于战士的面庞。大明江山的战火渐渐燃烧到川地来了,在祖母后来的记忆中,她骑着马巡视家乡,一日之内见到的流民,竟比往年加起来还要多。

她那年刚满十八岁,手握长枪,打马仰头,嗅见风中传来的铁腥气。

这世道,果然要变天了。

明亡倒计时五十二年 大明风云

约莫在万历二十年(1592年),祖母成婚了。

新郎官是石柱土司马千乘,乱世里的婚姻着实算不上气派,但祖母仍然记得那个汉子大步朝自己走来时的样子。他们有着相同的志向爱好,同样喜爱刀枪与兵书,也同样怀揣着救国济世的愿望。[1]

这样相似的两个人,似乎命中注定该是要在一起的。

不过,我并没有亲眼见过祖父,祖母说他许多年前就已经不在世上了,如今连她都不再记得那个人的脸庞。

但她仍清晰记得的是,自己每每高声谈兵法,他就望着她,眼里流露出神采奕奕的光芒。

成婚并未束缚祖母保家卫国的梦想,她很快就找到了自己最想做的事情——练兵。婚后这些年来,她的身影穿梭于军营之中,时而与祖父或三名兄弟一起讨论版图战局,时而披甲训练自己麾下的川军部队。

后来,这支部队因手持白杆枪而闻名天下,他们被称为"白杆兵",一个个佩戴刃钩铁环,迅猛地攀爬于山地之中,打得入侵者措手不及。

祖母与她的将士们同甘共苦,她比任何人都要骁勇善战,比任何人都要深明大义,她的威信渐渐远扬,乡兵们无不畏服。我想,我的祖母大概天生就有一种刚柔并济的领袖风范,既如烈火般明亮,也似柔水般冷静,以至于过了五十年后,我仍能看见祖母"驭下严峻,每行军发令,戎伍肃然"[2]的风采。

与此同时,遥远的北京城内一片颓靡气息,明朝江山面临内忧外患,而未来的清太祖努尔哈赤正迅速扩张势力——几年后,他将在赫图阿拉建立名为"后金"的政权,八旗子弟将朝辽东大举入侵而来。

天下当真乱起来了。

万历二十七年(1599年),播州土司杨应龙叛乱。

祖母说,他是个野心勃勃的人,一直妄想着占领整个川地。那时明朝刚刚结束援朝抗倭之战,名臣李化龙出山讨贼,川黔湖广三省大军集结成八路。祖父带上秦家兄弟们,

---

1. 出自《明史》:秦良玉,忠州人,嫁石柱宣抚使马千乘。
2. 出自《明史》。

率三千人前往战场，祖母另率五百人负责运送粮草。

总共三千五百名子弟兵，他们挥别家乡，正式踏上了平叛之路。

讨贼之战，一触即发。

面对明军进攻，杨应龙不敌，一直退到娄山关老巢内。一晃到了第二年正月二日，正逢新岁伊始，叛军打听到官兵们在营中庆祝新年，决定当夜发动突袭，将兵营变成一片血河。

"杀——"

夜风刺骨，贼兵如潮水袭来，各营将士在热腾腾的酒气中大惊失色，被贼人砍得溃不成军。就在此时，一群手持白杆枪的士兵突然从四面八方杀来，他们一个个训练有素，迎头痛击，顷刻间扭转了战局。

我曾无数次幻想这样一幕场景：营中火光大亮，漫天厮杀声中，那两名英姿飒爽的战将从天而降，他们临危不惧，配合无隙，生生将那些妄图夜袭的贼兵杀得退走。这两人正是我的祖母和祖父，他们率白杆兵一路乘胜追击，连破金竹、青冈嘴、虎跳关等七寨！

原来，早在当夜，祖母见官兵们置酒宴饮，一个个防备松懈，她料定贼兵必定夜袭，便暗暗提醒丈夫早做戒备，下令"军中胆敢卸甲者斩"。

那年，是祖母人生中第一次亲历平叛，她无比冷静地做出了最缜密的判断。夫妻俩一直杀到旭日初升，遍地都是丢盔弃甲的叛军，当官兵们攻向贼寨桑木关时，祖母立刻遣她的两名兄弟秦邦屏、秦民屏绕路从左右小道上山。待贼兵现身，兄弟俩提枪截击，再次大破敌军。

不久后，杨应龙兵败自尽，白杆兵获南川路战功第一。

我问祖母，她当年也不过二十出头，紧张吗？祖母说，她来不及想这些，自己的身后是三千五百名子弟兵，他们在那样浓重血腥的长夜里并肩奔袭，见敌人便杀，一直夜战到天明，听人禀报才知道，他们竟一口气挑穿了七座敌寨。[1]

我又问祖母，打胜仗的感觉是不是很痛快？

祖母当时只是笑笑，轻声说："如果这天下再也不用打仗，就好了。"

---

1. 出自《明史》：明年正月二日，贼乘官军宴夜袭。良玉夫妇首击败之，追入贼境，连破金筑等七寨。已偕酉阳诸军直取桑木关，大败贼众，为南川路战功第一。贼平，良玉不言功。

我不知道明末的颓败已从上至下渗透到了何等地步，以至于我的祖父在立下战功的短短十四年后便受诬陷而死。那时我的祖母不过三十，她清晰记得，当税使太监邱乘云得意扬扬地来到石柱征税时，我的祖父不巧染了暑疫，招待不周，且不愿贿赂此人，竟被大怒的邱乘云投入狱中。

当时，明朝财政收支混乱不堪，紫禁城连续起火，"万历三大征"也迅速耗尽了国库，万历皇帝便派出宦官们去各地征税。这些太监四处贪污受贿，大肆掠夺民间财产，闹得民间抗议爆发。我的祖父在狱中不愿屈服，仪表堂堂的魁梧汉子，眼看着日复一日地消瘦，最后竟病死狱中！[1]

那年，他们的儿子马祥麟尚且年幼，才刚学会骑马，笑着唤"爹爹来看"。

明末年间的大雪，下得何其凄凉。

我的祖父生前并未犯下大罪过，朝廷保留了他的世袭官职，念马祥麟年纪小，便由我的祖母秦良玉奉命领职，从此卸裙钗，晋冠裳从戎，侍女皆改男装。

祖母讲起那天的事，我忽然看到漫天飘雪的苍白，听见全石柱的恸哭声，我的祖母一步上前接旨，无论如何，她已然成为这里最受尊崇的新土司。

明亡倒计时 / 十三年 后金入侵

从元自明，女土司人数虽少，但并不罕见。

早在洪武年间便有"令土官无子弟，而其妻或婿，为夷民信服者，许令一人袭"[2]的规定，后来朝廷又创立"借职"制度，倘若继承人不满十五岁，便指定亲属代为土司，我的祖母因此成为新任土司。

她在兄弟们的陪伴下渐渐走出了丧亲之痛，饥荒、动乱、族事，这一切都不允许她在悲痛中沉浸太久。在儿子渐渐长大懂事的八年间，大明越来越乱，后金政权正式建立，万历四十七年（1619年）爆发"萨尔浒之战"，明军几乎全军覆没。

因无力支付这笔巨大的军费，万历皇帝变本加厉地征收"明末三饷"，压得百姓们苦不堪言，各地民众揭竿造反。

---

1. 出自《明史》：其后，千乘为部民所讼，瘐死云阳狱，良玉代领其职。
2. 出自《明会典》。

次年，万历皇帝郁郁驾崩，新帝朱常洛仅继位二十九天，便因服用红丸而仓促去世，"泰昌"年号也仅仅使用了五个月。

泰昌元年（1620年），后金大举入侵辽东。

东北的噩耗遥遥传到川地，朝廷派我的祖母出兵支援前线，眼看战事紧急，她遣大哥秦邦屏、弟弟秦民屏先率五千人前往战场，二哥秦邦翰为副总兵同往，她与儿子马祥麟则领着三千精锐保障后方粮草。临别前，秦家四人紧紧握住彼此的手，齐声许诺"不退敌兵，誓不还乡"。

"妹子，你就等着咱们的好消息吧！"

祖母说，时隔几十年，当她再回忆两名兄长时，记忆里只余下这一声笑。人的记忆有时很奇怪，时而近、时而远、时而模糊、时而清晰，但细想，无外乎只有一场场离别而已。

天启元年（1621年），新帝朱由校继位，这位沉迷做木匠的皇帝，要面临的是一整个摇摇欲坠的大明。后金骑兵即将包围沈阳，战况危机重重，秦家兄弟们随总兵一路攻向浑河，原想与沈阳兵前后夹击后金，到前线后，却听说沈阳城已被占领。

接下来渡河进攻是否还有意义？

总兵陈策决定撤军，诸将皆愤曰："我辈不能救沈，在此三年何为！"

在一片慷慨激昂的请战声中，秦邦屏与秦邦翰决定先率领川、浙、湘军渡河在北立营，却不料努尔哈赤的儿子皇太极反应迅速，眼看各路土司军渡河而来，他果断率精锐红巴牙喇军截击明军，两军碰头，展开大战。

当时，剩下的浙军还没来得及渡河便遭遇敌兵阻断，不得前进，只好驻扎于南岸。只见北岸那些骁勇善战的土司军誓不后退，杀退一波又一波的八旗骑兵，将他们砍得纷纷坠马。

"不能后退！杀！杀！"

那一天，北岸被大片的鲜血染红，颜色比夕阳更悲戚，北岸将士们冒死冲锋，踩着一批又一批同胞们的尸骨砍向八旗军。敌兵从未见过这般彪悍的部队，不禁大惊失色。

但是，再勇猛的部队也敌不过车轮消耗战，在缺乏后援的情况下，土司军筋疲力尽。当最后一波交战来临时，望着努尔哈赤麾下的精锐八旗军，这些浑身浴血的战士互相对视着，目光悲壮而坚定。旋即，他们吹响了最后的冲锋号——

无一人后退，奋战直至全军覆没。

努尔哈赤领教到了明军的厉害，他反复警告八旗军切勿轻敌，随后朝着浙军大营发起进攻。傍晚时分，各路明军皆被八旗军击破，主将陈策等人皆战死沙场，以身殉国。

浑河血战，就此落幕。

两位秦家兄长没能活着回来，只有弟弟秦民屏突围脱身，带着一身重伤，将白杆兵全军覆没的消息告诉祖母。我不敢想象，祖母在听闻噩耗时会是怎样的心情，但她与生俱来的果敢与冷静，让她立即做出了行动。星夜奔窜，她带着儿子又率三千精兵日夜兼程赶赴前线，守护榆关，所到之处秋毫无犯。[1]

怀着满腔复仇的热血，母子俩率军厮杀，后金终于退兵。作战最激烈时，马祥麟目中流矢，他竟一把拔出锋利的箭矢，仍策马奋战不肯退。

我问祖母，为何白杆兵宁死不退呢？祖母的声音温和而有力，她说，土司部队由族亲兄弟构成，每每奋战，他们身边就是朝夕相处的亲人，他们身后就是日夜牵挂的故乡，故而不肯退。

她的兄长们为保家卫国而牺牲，她从此再不是谁的妹子。

祖母还朝后，她字字淌血形容兄长死状，为死去的家人们争取抚恤。兵部尚书张鹤鸣也进言"浑河血战，首功数千，实石柱、酉阳二土司功"，于是，天启帝封祖母为诰命夫人，为秦邦屏立祠供奉，并给秦民屏和马祥麟升官。

那些牺牲的白杆兵，从此便活在祖母的记忆里，他们出发前的笑脸，将永远鲜活如初。

天启元年（1621年）九月，祖母回乡征兵，竟听闻永宁土司奢崇明在重庆叛变的消息。对方派使者来到石柱，奉上大量财宝，劝祖母加入叛乱队伍。

"国将不国，大明将倾，您何必苦守着这个国家？何不顺势而动呢？"

那使者巧言令色，极尽说辞，仿佛诉说着一件理所应当的正事：家将破，他们便剥削家乡的百姓；国将亡，他们便联合起来叛国。兄长与战士们死去的面容在眼前不断晃动，

---

1. 出自《明史》：天启元年，邦屏渡浑河战死，民屏突围出。良玉自统精卒三千赴之，所过秋毫无犯。

祖母忍无可忍，一声暴喝，下令将使者拖出去，立斩之。

"叛贼胆敢以逆言污我的耳朵！我即刻发兵，用你家首领的脑袋祭我的军旗！"

我是秦家的女儿，我是大明的臣子，誓不与贼共生！

祖母散其财宝犒劳三军，军中欢声雷动，她上奏起兵讨贼，做出缜密的防御部署，随后与儿子率军水陆并进，击退贼兵。[1]

到天启二年（1622年），这场声势浩大的"奢安之乱"迅速点燃蜀、楚、黔、滇地带的战火，为燃烧的大明又泼了一捧热油，眼看奢军包围成都，各地土司竟纷纷被叛军贿赂，作壁上观，唯有一位土司孤身响应朝廷征召，长驱直抵成都，一举击退奢崇明——

那便是我的祖母，石柱土司秦良玉！

明朝大厦将倾，有人闻风而逃，有人见风使舵，而她则活成了一位游走在战场的武神。奢崇明败走后，她又率秦民屏相继收复二郎关、佛图关等地，朝廷因此屡次加封她官爵。

然而，祖母的战绩竟挡不住文武百官的悠悠之口，党争与贪腐已经彻底腐蚀了这个王朝的根基，她转过身，要面对的是满朝窃窃私语之音。当年祖父枉死，让祖母早早领悟到：险恶的人心，永远比寒光凛凛的真刀更具有杀伤力。

悲剧，绝不会再重演一次。

倘若还有大明遗老活着，想必会记住祖母怒咤百官的英姿："臣率侄子们提兵裹粮，打下诸多胜仗，可这些将领们，他们明明没亲眼见过贼人，却整天振臂自吹自擂，待对垒时竟闻风先遁！

"那些败于贼兵的人，不考虑国家，只唯恐别人先击退贼兵！那些怯于贼兵者，唯恐别人比他们胆量更大！像总兵李维新之流，他在渡河一战中败退回营，还将我拒之门外，不容我入城相见。六尺须眉男子，忌一巾帼妇人，静夜思之，应当愧死！"

满朝文武，瑟瑟不敢言。

天启帝遂下诏，令百官不得有分毫猜疑。

大明江山叛乱四起，处处都离不开我的祖母，多年后她提到这段往事时，总是轻描淡写，可我明白祖母这一路究竟经历了多少生离死别——

---

1. 出自《明史》：部议再征兵二千。良玉与民屏驰还，抵家甫一日，而奢崇明党樊龙反重庆，赍金帛结援。良玉怒斩其使，即发兵率民屏及邦屏子翼明、拱明溯流西上，度渝城，奋至重庆南坪关，扼贼归路。伏兵袭两河，焚其舟，以忠州为民屏守地，分兵护之。驰檄夔州，令急防瞿塘上下。

天启四年（1624年），秦民屏平叛时英勇断后，却在退兵之际遇袭，力战至死。[1]

至此，秦家的四个孩子，只剩下我的祖母一人了，而她的儿子、女婿、侄子们也将陆续捐躯于战场。我曾问祖母，假如我长大后也面临绝境，该怎么办呢？祖母当时思索了很久，她认真地慢慢回答："忠儿，宁愿死，也不要投降于你的敌人。"

我想，这句话，我将用尽一生来逐渐践行。

明亡倒计时十四年 举国沦陷

天启七年（1627年），朱由校驾崩，新帝朱由检改年号为"崇祯"。

这位新帝发誓要扭转时局，奈何崇祯年间天灾诸多，气候严寒，饥荒频频发生，整个大明早就笼罩在不散的阴云下。

崇祯三年（1630年），八旗铁蹄直逼北京城。全天下告急，中原荒旱，流寇四起，各镇自顾不暇，唯独我那年近六十的祖母义不容辞，散尽家财，充作军饷，赶赴京城勤王！百姓争先恐后地观看这支军纪严明的白杆兵，面对此情此景，崇祯帝大为感动，特意召见我的祖母，挥毫作诗——

学就西川作阵图，鸳鸯袖里握兵符。

由来巾帼甘心受，何必将军是丈夫。[2]

不久后，皇太极遭遇明军殊死抵抗，只好退回沈阳，但摇摇欲坠的大明也不堪重负，终于轰然倒塌：张献忠叛乱、李自成起兵……各地相继失去控制。

崇祯七年（1634年），祖母在夔州杀得张献忠不战而逃，被朝廷招安；六年后，张献忠又叛，他联合罗汝才再攻夔州，被祖母率兵一路追杀，夺其军旗，诸贼闻风丧胆，不敢再西犯。[3]

---

1. 出自《明史》：是年，民屏从黔抚王三善抵陆广，兵败先遁。其冬战大方，屡捷。明年正月，退师。贼来袭，战死。二子佐明、祚明得脱，皆重伤。良玉请恤，赠都督同知，立祠赐祭，官二子。而是时翼明、拱明皆进官至副总兵。

2. 出自《明史》：崇祯三年（1630年），永平四城失守。良玉与翼明奉诏勤王，出家财济饷。庄烈帝优诏褒美，召见平台，赐良玉彩币羊酒，赋四诗旌其功。

3. 出自《明史》：十三年（1634年），扼罗汝才于巫山。汝才犯夔州，良玉师至，乃去。已邀之马家寨，斩首六百，追败之留马垭，斩其魁东山虎。复合他将大败之谭家坪，又破之仙寺岭，良玉夺汝才大纛，擒其渠射塌天，贼势渐衰。

祖母的一生，是不断失去的一生，但她的眼神里从未有过绝望。

岁月慢慢侵蚀着她曾经健壮的体魄，但她依然怀揣夙愿，守护着沦陷的大明山河，也见证着它最后的覆灭。她常说，这一生最遗憾的事，莫过于崇祯十三年（1640年）的战败——

当年，杨嗣昌入川剿贼，重庆城只有残兵，全靠我祖母与张令率兵镇守，而四川巡抚邵捷春态度十分消极，令白杆兵镇守重庆城外，又草率地派张令去守黄泥洼。祖母深知这人不懂兵法，但朝廷之命不可违，她不禁叹息：

"此番部署，尽失地利，倘若贼兵占据高山，以铁骑冲向我们的军营，我与张令必定先后战败，岂能救重庆之急？"

不久后，张献忠叛军发动进攻，渡过长江，大破明军。张令果然战死，祖母救援失败，辗转又经历惨败，手下三万人全军覆没。她单独求见邵捷春，语气铿锵："眼下愿召集两万溪峒兵来平叛，我自付一半军饷，另一半由官府出资，足够平叛了！"

不料，邵捷春与杨嗣昌意见不合，加上仓中无粮，他一口回绝了祖母。

我的祖母是个从不肯轻言落泪的人，可唯独那一日，她仰天泣泪，一步步离开了即将沦陷的故地。透过祖母的泪水，我仿佛看见一个朝代的覆灭，如此惨烈，如此无力。[1]

崇祯十七年 明亡

崇祯十六年（1643年），张献忠攻四川，祖母献策于巡抚陈士奇，建议严守十三隘口，陈士奇未用。

祖母只好又找到巡按刘之勃，刘之勃同意了，却发现朝廷已经无兵可遣。

崇祯十七年（1644年），张献忠再攻夔州，祖母火速救援，寡不敌众，被叛军击溃。

至此，全蜀尽陷。

我的祖母，她终究亲眼见证了王朝的步步覆灭。那一年，她退守石柱，对部下慷慨陈词："吾兄弟皆战死沙场，吾蒙国恩三十余年，今日国家走到这般境地，吾岂能以余生侍奉逆贼？！"

---

[1] 出自《明史》：其年十月，张献忠连破官军于观音崖、三黄岭，遂从上马渡过军。良玉偕张令急扼之竹箘坪，力战挫贼。会令为贼所殪，良玉趋救不克，转斗复败，所部三万人略尽。

言毕，遂下令死守石柱，族人不得归顺逆贼，违者无赦。

——遭逢国破家亡，她便化身火种，为众人点起新的炬火。

后来，张献忠招降各地土司，唯独不敢踏入石柱境内。[1]

同样在崇祯十七年（1644年），李自成攻陷北京，三月十九日五更天，崇祯皇帝自缢于煤山。近三百年的大明王朝，历经十六帝的风云，终究尘埃落定，举步迈向灭亡。

而我正是出生于那一年的孩子。

不久后，吴三桂降了清军，皇太极攻占北京城，他在紫禁城正式称帝，将这年的年号改为大清顺治。

我的祖母那年已有七十多岁高龄，听闻噩耗号痛气绝，三军也纷纷雨泣。但听闻这片大地仍有反清之音四起，南明朝廷仍然四处奔波着，她很快振作起来，作《固守石柱檄文》："石柱存与存，石柱亡与亡，此本使之志也！抑亦封疆之责也！"

昔日那个健壮奔放的马背少女，终于彻底成长为庇护一方的地母神。她见证了明末的满目疮痍，见证了一个时代的腐烂坍塌，既然国已不国，她便毅然选择退守家乡——叛军和清军大肆屠城，天下尸积成山，血流成河，唯独石柱成为乱世里的净土。

常有流民来石柱避难，每当祖母听闻贼兵杀人的惨状，她便奋激扼腕，泣下数行，只恨不能再提枪纵马，庇护更多的无辜百姓。[2] 但我知道，祖母其实已经做到了，她不仅庇护了我，也庇护了成千上万个像我这般流离失所的孩子，从此以后，我们都有了家，我们都成了祖母的孩子。

后 记

我叫忠儿，忠心的忠。

祖母并不是我的亲祖母，我是在清朝顺治元年（1644年）出生的孩子，在襁褓中经

---

[1]. 出自《明史》：十七年（1644年）春，献忠遂长驱犯夔州。良玉驰援，众寡不敌，溃。及全蜀尽陷，良玉慷慨语其众曰："吾兄弟二人皆死王事，吾以一孱妇蒙国恩二十年，今不幸至此，其敢以余年事逆贼哉！"悉召所部约曰："有从贼者，族无赦！"乃分兵守四境。贼遍招土司，独无敢至石砫者。

[2]. 出自《补辑石柱厅新志》：献贼屠戮全川，忠丰人民襁负来石避贼者踵相接。每闻修杀状，辄愤激扼腕，已而泣下数行。

历过清军屠城的惨剧。爹娘临死前用尽力气，将刚满三岁的我送到石柱，这里的土司奶奶收留了我，她的名字叫秦良玉。

她教我开口说话，教我握笔写字，我永远不会忘记黄昏里温柔的一幕：那天我终于肯对祖母说话了，她问我的生辰是哪年，我口齿不清地回答说顺治元年。祖母温柔地摇了摇头，她慢慢教我："不是顺治元年，是崇祯十七年……"

于是，记忆里那个小小的我，也咿咿呀呀地跟着祖母念：

"崇祯——十七年——"

我的祖母是秦良玉，这就是她一生的故事，也是我与祖母最初的故事。

祖母于昨夜悄然逝世，享年七十五岁。

我想，我永远不会忘记祖母，我将代替祖母继续守护这片土地，而这些往事，我希望它能流传给一代又一代的后人。

不要忘记那些曾经保家卫国的人们，不要忘记那些曾经死于动乱的人们。

而我的祖母秦良玉，当她讲完这段漫长的往事，最后一次微笑合眼之前，她又提到了家乡，提到了她的兄弟们，她的眼里分明浮现出那片苍翠欲滴的蜀川山水。

那一刻，我觉得，祖母曾在马背上度过的整个少女岁月，都缓缓朝着我迎面苏醒过来——

天空是澄蓝的，大地是翠绿的，远山连绵起伏，好似地母宽广的胸怀，十几岁的她最爱骑马吆喝着大声唱歌，少女浑厚悠远的歌声仿佛能将乱世的阴霾一扫而空，叫人短暂地忘记明末处处战火的残酷。

"姐——咱娘喊你回家吃饭啦——"弟弟的身影一勒缰，出现在山坡那头。

"哎！"少女远远答道。

"比试一场不？最后到家的人没肉吃！"

"比就比！你这臭小子什么时候赢过我？"

姐弟俩俨然都是骑马的一等好手，斗嘴的同时握紧缰绳一踢马腹，健壮的马儿就在他们胯下飞奔起来，如同白云在草地上投下的两朵倒影，互不相让，争相超越，很快就被吞没在茫茫草浪的尽头。

【下期彩蛋】

合卷之后,再次读史念诗,看到前人的成就,仰望星空,我们会想起她们的传奇,而那一刻她们其实就在我们之中。

图书在版编目(CIP)数据

乘风万里少年时 / 古人很潮编著. -- 武汉：长江出版社, 2025.6. -- ISBN 978-7-5804-0109-0

Ⅰ.Ⅰ247.7

中国国家版本馆CIP数据核字第2025HL8786号

本书经天津漫娱图书有限公司正式授权长江出版社，在中国大陆地区独家出版中文简体版本。未经书面同意，不得以任何形式转载和使用。

乘风万里少年时 / 古人很潮 编著
CHENGFENGWANLISHAONIANSHI

出　　版	长江出版社
	（武汉市解放大道1863号　邮政编码：430010）
选题策划	刘思贤　陈　辉
市场发行	长江出版社发行部
网　　址	http://www.cjpress.cn
责任编辑	李剑月
特约编辑	郭　昕
总 策 划	ZOO工作室
装帧设计	殷　悦　许　颖
印　　刷	武汉鸿印社科技有限公司
版　　次	2025年6月第1版
印　　次	2025年6月第1次印刷
开　　本	710mm×1120mm　1/16
印　　张	13.75个
字　　数	226千
书　　号	ISBN 978-7-5804-0109-0
定　　价	45.00元

版权所有，翻版必究。如有质量问题，请联系本社退换。
电话:027-82926557(总编室)　027-82926806(市场营销部)